– 개정판 –

海洋文學의 길

The Way of the Sea Literature

해 양 인 문 학 총 서

VI

− 개정판 −

海洋文學의 길
The Way of the Sea Literature

海朗 黃乙文

해양문학의 길

부호의 용례

- 책명: 『 』
- 작품과 논문명: 「 」
- 일반 자료: - -
- 인용(문, 절, 단어): " "
- 강조부분과 외래어: ' '
- 필자 주註내지 부가 해설 부분: ─
- 한글 전용을 원칙으로 하되, 의미를 명확히 할 필요가 있는 경우에는 한자 나 영자를 나란히 써두어 독자의 이해를 돕고자 했다.
- 시의 경우 잇따른 연의 인용은 (일부)로, 뽑아 낸 연의 인용은 (발췌)로 하였다.

목 차

해양문학의 길 _ 7

제1장 해양문학의 이해

출항전야出航前夜 _ 13
1. 해양문학의 정의와 영역 _ 14
2. 해양체험의 구현具現 _ 15
3. 해양문학의 역할과 소산所産 _ 18
4. 한국해양문학의 오늘과 내일 _ 19

제2장 해양문학으로 가는 길

들어가며 _ 27
1. 바다, 바라보기(見) _ 28
2. 바다, 알기(知) _ 29
3. 바다에서 해 보기(行) _ 31
4. 바다에 마음심기(情) _ 32
5. 바다를 통해 깨우치기(覺) _ 34
나오며 _ 36

제3장 바다의 존재 이유

1. 종교와 신화의 바다 _ 41

2. 바다의 구원救援 _ 46

3. 주술呪術의 의미 _ 52

제4장 해양문학 산책

1. 삶의 기원 _ 70

2. 삶의 현장 _ 76

3. 모험과 의지의 실현 _ 87

4. 선원의 자리 _ 105

5. 뱃사람의 기백氣魄 _ 109

6. 항구와 등대 _ 115

7. 달과 바다 _ 119

8. 동경憧憬에서 낭만으로 _ 122

9. 노怒한 바다 위의 사람들 _ 146

10. 4대 해양명작을 보는 네 가지 시선 _ 162

제5장 바다의 본질

1. 물의 이미지_ 175

2. 바다의 모성母性_ 180

제6장 우주의 인식

항해를 마치며 _ 210

참고문헌 _ 212

제1장

해양문학의 이해

출항전야 出航前夜

　21세기 들어 지구촌 곳곳에서 "인류의 미래는 바다에 달려있다."
고 말하기를 서슴지 않는다. 아마도 인류에게 마지막 남은 자원의
개발에 대한 기대와 해수海水가 지구 기후에 미칠 영향에 따른 환경
보존의 우려가 교차하기 때문일 것이다. 지금부터라도 해양과학 분
야가 해결해 가야할 당면한 가시적인 지구촌의 과제보다 더 절실한
과제도 있다. 인류에게 바다가 존재하는 불가시적인 의미를 알아보
려는 태도 즉, 해양인문학이다. 또한, 해양인문학의 여러 분야 중 실
제와 더불어 상상까지도 동원할 수 있는 해양문학의 역활도 상당할
것이다. 여기서의 상상이란 문학적인 상상*)을 말한다. 그러나 해양
문학은 동시대에 같은 뜻을 가진 작가들에 의해 하나의 독립된 사조
思潮를 이룰 만큼 동감대를 형성하지 못한 까닭에 특수문학의 한 분
야에 속한다.

---

*) G. 바슐라르의 시론試論집 『물과 꿈』에서 말하는 물질적인 상상력에 비추어 사실과는 다르더라도 '그
　럴법한' 또는 '있음직한' 상상을 문학적인 상상으로 지칭한다.

바다는 한 없이 넓고 깊지만 우리의 인식은 아직도 좁고 얕은 현실과 무관하지 않다. 인식결핍으로 인해 일반인들은 물론 문인들 사이에서도 '해양문학이 무엇일까' 라는 의문이 제기되는 이유가 여기에 있다. 그 의문을 어느 정도라도 해소하는 도우미역할을 하고자 해양문학의 바다로 출항한다. 항로에는 대학에서 해양문학 강좌의 교재로 2007년에 출간한 시론試論 집『海洋文學의 길』을 첨삭添削하고 개편하였다. 또한 해양문학 창달暢達에 매진하고 있는 몇몇 작가들의 전국적인 인지도를 감안, 간단 프로필도 곁들었다. 개정판 출간을 지원해준 '부경대학교 대학인문역량강화사업단(CORE)' 에 감사한다.

1. 해양문학의 정의와 영역

해양문학의 정의를 한마디로 하자면 '인간과 바다의 이야기를 인간이 하는 것'으로 단언할 수 있다. 그러나 해양문학에 관심 있는 이들의 의견을 종합해 볼 때, 해양문학(Sea 또는 Marine Literature)을 '바다 자체를 주제로 삼거나 바다를 배경으로 한 인간의 삶과 정서, 사상을 체험*)과 상상을 통하여 문자로 묘사하는 정신적 노력의 산물' 처럼 사전적 개념으로 규정짓는 것이 타당할 것이다. 또한 여기서 배경이라 함은 바다 주변의 모든 것들 즉 섬, 등대, 부두, 배, 다양한 해양생물 등 관조의 대상과 항해, 어로작업, 해양레포츠 같은 행위의 대상 모두 포함된다. 그러나 해양문학의 기원이나 유래 등을 체계적으로 정리하기는 쉽지 않다. 단지 고대 그리스의『오디세이아』

---

*) 여기서 체험이란 직 · 간접체험과 둘을 합한 복합체험까지 포함된다.

를 필두로 현대에 이르기까지 대개 바다체험을 문학의 한 장르로 구성한 작품들을 해양문학의 범주로 보는 것이 일반적인 견해이다.

또한 영역 면에서 문학이 광의의 문학과 협의의 문학에 그 영역을 두고 있듯이 해양문학도 두 시각이 대두된다. 광의의 해양문학은 육지에서 관조하는 바다와 바다에서의 직접체험이나 감흥에 의한 시와 소설은 물론이고 해양 설화(신화, 전설, 민담), 해양가요(가사, 무가, 어로요)까지도 포함시키고 있다. 이에 반해 협의의 해양문학은 바다에서의 직접체험에 의한 시, 소설, 희곡, 수필(에세이), 수기와 전기, 기행문 등으로 한정한다. 이는 협의의 문학을 순문학으로 인식하는 것과 같은 맥락에 속한다고 볼 수 있다. 그러나 광의든 협의든 공통된 견해는 직접체험을 중시한다는 점이다. 문학의 어떤 장르거나 직접체험이 작품구성에 중요한 요소 중 하나가 되듯이 해양문학은 소재와 배경의 특수성으로 더욱 그러하다. 이런 관점에서 체험의 한계를 설정할 필요가 있다.

2. 해양체험의 구현具現

멜빌은 1여 년 간의 포경선 생활에서 『모비 딕』을, 콘래드는 20여 년 동안의 승선경력을 토대로 『로드 짐』을 위시하여 여러 편의 해양소설을 발표한 것으로 알려져 있다. 이들과 같이 대표적인 해양시인 중 한 사람으로 지목 받는 존 메이스필드의 해양시편들도 10여 년 동안의 선원 경력에 의할 것이다. 우리의 경우 원양상선 선장 출신 김성식은 30여 년 간의 승선 경력에서 해양시를, 원양어선 선장 천금성의 해양소설들도 10여 년간 원양에서 한 직접체험이 작품 구성에 모태로 작용했다. 이들이 한국현대해양문학의 대표적인 작가로 일컬어지는 것은 그들의 직접체험을 소재로 했기 때문이란 점은 두 말할 나위도 없다.

이들의 뒤를 이어 원양어선 선장 장세진은 1998년도 제2회 해양문학대상을, 원양선 기관장 김종찬은 40여 년간의 승선생활을 토대로 여러 편의 소설을 선보이고 제8회 한국해양문학대상을 수상했다. 원양수산회사 출신 김부상은 제1회 부일문학상을, 원양어선 선장 이윤길은 시『진화하지 못한 물고기 한마리』로 제11회 대상을, 제13회에서는 소설『쇄빙항해』가 우수상을 수상해 두 장르에 걸쳐 2관왕이 되었다. 제16회에서는 원양선 통신장 출신 조천복이 장편소설『해교』로 우수상을 수상하기도 했고 원양어선 선장이었던 하동현의 중편소설「무중항해」가 2016년 부일해양문학상에서 우수상을 수상하게 된다.

이들의 학력*)과 경력에서 보다시피 모두 직접체험이 작품구성에 바탕이 되었음을 알 수 있다. 그러나 해양문학이 뱃사람과 남성들만의 전유물은 아니다.

고교교사로 재직하다 후에 울산시 예총회장이 된 이충호는 여러차례 포경선을 실사하고 편승도 했다. 이러한 체험을 바탕으로 바다의 진정성眞正性을 부각시킨 장편소설『투명고래』로 제6회 한국해양문학대상을 수상하고, 제15회에는 예비군 중대장인 이성배가 주변의 여러 해양인들과 교우하며 청취한 정보들을 묶어『바다에는 메아리가 없다.』로 우수상을 수상한다.

― 이들 외에도 내력을 알지 못해 일일이 거론하지 못하는 수상자들도 많다. ―

---

*) 장세진, 하동현은 부경대의 전신인 수산대 어로학과, 김종찬은 기관과, 김부상은 수산경영학과를, 이윤길은 주문진 수산고를 나와 강원도립대 해양산업학과를 졸업하였다.

여류문인의 경우 제4회에는 송유미 시인이 『야간항해』로 대상을, 제13회에는 김길녀 시인이 『바다에게 의탁하다』로 우수상을, 1987년 시조로 등단한 박정선이 이후 장르를 바꾸어 중편 『참수리 357호』로 해양문화재단이 주관하는 제2회 해양문학대상*)을 수상하고 14회에 소설 『남태평양은 길이 없다』가 우수상을 수상한데 이어 17회에는 소설 『동해아리랑』으로 대상을 받아 3관왕에 이른다. 또한 2017년도 부일 해양문학상에서 단편소설 「일각고래의 뿔」로 우수상을 수상한 유연희는 해양체험을 위해 2차에 걸쳐 한국해양대 실습선을 한 달씩 두 달 동안이나 편승하기도 했다. 박정선은 해군 제3함대 정훈교육연사로 해군함정에 승선한 적 있고, 김길녀는 수상 후 더 나은 체험을 위해 '바다 해설사'를 자원, 해양시집 『푸른징조』를 마치 체험 쌓기 결과물처럼 출간했다.

또 다른 예로 대표적인 해양소설 중 하나인 『노인과 바다』에서 노인 어부 '산티아고'가 잡은 거대한 청새치는 멕시코만의 어느 어부의 이야기라고 한다. 그러나 헤밍웨이 자신도 멕시코 만에서 배낚시를 자주 다녔으므로 자신의 직접체험이 바탕이 된 작품**)이란 단정을 내리기에 어렵지 않다. 직·간접체험이 한데 어우러진 이런 체험을 복합체험으로 칭한다면 해양문학 작품 구성에 중요한 체험 중 하나가 된다.

해양이란 특수성을 감안할 때, 복합체험 또한 작품 구성상 내용의 다양화와 사실적인 묘사로 생생한 현장감을 더할 수 있을 것이란 생각에서다. 이러한 체험의 구분에서 어느 체험이 해양문학 활동에 가

---

*) 대상 시상금이 1천만 원 이상 되는 해양문학상은 부산문협이 주관하는 한국해양문학상과 부산일보와 한국해양대학이 공동으로 주최하는 부일해양문학상, 해양재단이 주관하는 상 등 이 3대 해양문학상이었다. 그 외 군소 수상내력은 제외한다.

**) 미국배우 '스펜서 트레시'가 주연한 『노인과 바다』DVD 영화 도입부에 '헤밍웨이'가 자기키만 한 청새치를 거꾸로 매달아 놓고 웃고 있는 기록물이 뜬다.

장 적합한지를 단언할 수는 없다. 작가가 자신의 체험을 얼마나 문학적으로 승화시키느냐에 따라 평가받게 될 것이기 때문이다.

3. 해양문학의 역할과 소산所産

해양문학 작품들의 공통점은 대체적으로 바다에 대한 긍정적인 시각과 인식을 바탕으로 하고 있다는 점이다. 이런 관점은 대부분의 경우 바다에 대한 긍정적 사고가 작품 속에 깃든데 기인한다. 인류의 마지막 남은 생명줄 인 바다를 인식하고 경외심과 함께 애착을 갖도록 하는 데는 과학적 지식이나 정책도 중요하다. 그러나 문학을 통한 해양친화사상 드높이기가 무엇보다 절실하다고 보는 것은 해양친화사상은 강요나 권유에 의한 것이 아니라 자생적이어야 하고 그 역할에는 해양문학이 적임이란 생각에 의해서다.

이런 관점은 다니엘 디포의 『로빈슨 크루소』가 소설로서는 구성도 엉성하고 줄거리도 단조롭지만 영국 청소년들로 하여금 바다를 동경토록 원인을 제공했다. 영국 청소년만이 아니다. 오래 전 중앙의 모 일간지에 이런 기사가 실린 적 있다.

"서울의 초등학생 몇 명이 서해의 무인도에 가서 로빈슨 크루소처럼 살다가 돌아오겠다는 쪽지를 남기고 가출했다. 그 소년들 부모의 요청으로 서해안 어느 포구에서 발견된 소년들을 경찰이 귀가 시켰다." 이와 같이 세계 각 국어로 번역되어 갯가가 아닌 산골 청소년은 물론 성인들까지도 탐독하게 된 것은 바다에서 인간의 원초적인 삶이 사실적으로 부각되었기 때문일 것이다. 청소년이 10여년 후면 청년이 되고 또 10여년이 지나면 정책을 입안하고 실행할 수 있는 장년이 된다. 청소년 시절 뇌리에 동경으로 입력된 바다는 당연히 긍정적으로 나타 날 수밖에 없다. 국토는 작아도 대영제국(G.B.:Great Britain)이란 명칭은 바다에 대한 영국 청소년의 동경심부터란 점에서 비록 아동문학이긴 하나 해양문학의 위대한 소산이다. ─ G.B. 보다 더 큰 국명을 가진 나라가 있다. 바로 대한민국大韓民國이다. 큰大 자에 크다는 의미를 지닌 한나라 한韓 자를 표방했지만, 허리 짤린 한반도에서 국토를 크게 넓힐 곳은 바다 밖에 없다. 해외로 나가는 선박들은 선미에 자국 국기를 달고 다녀야 하고 국제협약에 의해 세계 어디를 가나 자국의 관할권에 속한다. 소위 돌아다니는 국토인 동시에 영토 확장이다. 그런데도 불구하고 바다에 대한 우리의 인식은 어떠한가를 심각히 곰씹어 보아야 한다. ─ "바다가 없이는 인류도 없다." 는 모토아래 전 세계가 해양개척과 아울러 해양자원과 해양환경보전에 지대한 관심과 노력을 보이는 것이 작금의 지구촌 현실이다.

7대양*)으로 구분되는 바다도 실은 하나이듯이 바다에 대한 애정과 긍정적인 인식에는 너와 나가 다름 아니다. 이것이 해양문학이 해온 역할이고 해나가야만 할 길이다.

4. 한국해양문학의 오늘과 내일

일반인들은 물론 문인사회에서도 해양문학이란 용어 자체가 생소

---

*) 광활한 태평양과 대서양을 남·북으로 나눔에 따라 한국해양대학에서는 인도양과 남·북극해를 더해 5대양을 7대양으로 구분하고 있다.

하던 시절인 1969년 천금성이 단편소설「영해발부근」으로 한국일보 신춘문예에 당선되고 2년 후인 1971년에 김성식이 해양시「청진항」으로 조선일보 신춘문예에 당선된다.

이 시기를 구모룡*)은 『해양문학은 무엇인가』에서 "근대적 표상형식의 하나인 해양문학은 1970년대 김성식과 천금성에 의해 명실상부한 장르로 정착하고 이들의 해양문학은 한국 근대 해양문학의 시금석으로 자리 잡게 된다." 라고 규정짓고 있다. 그후 1994년에 최영호**)는 숭실대 조규익 교수와 더불어 학자들의 논문 모음집『해양문학을 찾아서』를 펴 낸다. 다음해 1995년에는 해양소설과 수기, 논픽션을 모아『한국해양문학선집 1~8』전 8권을 출간한데 이어, 1996년에는 시인 김명수와 같이 해양시 선집인『내 마음의 바다 1,2』권을 펴내 한국해양문학 창달暢達에 의미 있는 작업을 했다. 그로부터 3년후 1999년에 한국해양대에서 국내 최초로 해양문학강좌***)를 정규과목으로 개설하고 지금까지 이어 오고 있다. 2001년 5월에는 해양문학에 뜻있는 문인 70여명이 전남 광주에 모여 '한국해양문학가협회' 를 창설하고 천금성 해양소설가를 회장으로, 동원산업의 참치선 선단장이었던 차용우****)를 상임부회장으로 선출하게 된다.

협회창설 2년후 인 2003년 9월, 국내 유일한 해양문학 전문지 『해양과 문학』을 338쪽 짜리 (발행인 겸 편집인 黃乙文, 편집주간 옥태권) 창간호를 반 년간을 표방하며 출범시키고 2006년 6월에 해수부로부터 그간의 업적을 인정 받아 사단법인 설립허가를 받는다. 이

---

*) 구모룡: 평론가, 한국해양대학교 동아시아학과 교수

**) 해군사관학교 인문학과 교수 역임.

***) 국·내외에서 특강이 아닌 정규과목으로 해양문학강좌를 개설한 대학은 한국해양대학교 해사대학이 유일할 것이다.

****) 2017년 7월, 사)한국해양문학가협회 제8대회장으로 선임되었다.

러한 5가지의 괄목해야할 연유로 1970년도 초반기부터 2000년도 초반기 까지 약 30여년 한 세대기간을 '한국해양문학의 태동기胎動期'로 간주하고자 한다.

이어 2010년에 서울소재 '해양문화재단'에서 두 번째 해양문학 전문지『문학바다』를(발행인 최낙정, 주간 백시종) 380여쪽 반년 간으로 창간했다. 아이가 태어나 성장하는 것은 자연의 이치듯이 소위 해양문학의 성장기에 들어 선 것이다. 편집위원도 부산측에서 정일근, 최영호, 김태만, 유연희 와 서울측 정해종, 김애양, 김인호 등 쟁쟁한 멤버들로 구성했으나, '해양문화재단' 이 문화는 배제한 '해양재단' 으로 이관되는 통에 제 5호 출간을 끝으로 출판 2년반 만에 절판하게 된다. 성장기에서 번영기로 발전하지 못하고 도로 태동기로 돌아간 셈이다.

한편『海洋과 文學』호는 10호까지는 한국해양대를 위시한 여러 스폰서들과 특히 C&그룹(회장 임병석) 의 후원으로 순항하고 있었다. 그러나 C&그룹의 몰락으로 출판비를 감당하지 못해 2회에 걸친 결호와 합본을 거듭하다가 2014년 제 17호 (회장 남청도, 주간 문성수) 부터 비록 반년간이 아닌 년간으로 나마 명맥을 유지하게 된다. 이것이 한국해양문학의 오늘이다.

한국해양문학의 내일

우선 앞에서 말한 대로『海洋과 文學』지의 업적을 감안한 부산문화재단에서 2017년에 반년간지로 발간할 출판비를 지원토록 결정했다. 문학 활동에 개인이건 단체건 간에 가장 중요한 지원을 받게 된 것은 괄목할만한 일이지만, 앞으로 최소한 '계간지' 정도로는 발전되도록 지속적인 지원이 절실하다.

둘째로는 현재 국내에서 제정된 각종 문학상은 각 신문사의 신춘
문예공모를 위시하여 저명 문인상등 상당수인데 비해 해양문학상은
부산시가 주최하고 부산문인협회가 주관하는 '한국해양문학상'과 부
산일보와 한국해양대학이 공동으로 주최하는 해양문학상이 대상 시
상금이 천만원이 넘는 대표적인 상으로 알려져 있다. 해양수도海洋首
都를 지향하는 부산시로서는 당연히 취해야 할 제도라 할 수 있으나
지역을 떠나 전국적으로 볼 때 규모면에서 너무도 미흡하다.

한국해양문학의 미래를 위해 시상금의 액수를 여타 문학상을 능
가하지는 못하더라도 같은 수준으로 상향조정해야 '후한 원고료가
옥고를 낳는다.' 는 평범한 진리와 상통한다.

셋째로 현재 '응모제' 와 병행하여 노벨상 같은 '추천심의제' 도 제
정해야 할 것이다. 이를 위해서는 '노벨' 처럼 뜻 있는 독지가 나 관
련기관의 의지가 무엇보다 중요하다. 현재 시행되고 있는 각 해양문
학상의 공통점은 응모자격을 신춘문예처럼 신인에 국한시키지 않고
기성작가에게도 문호를 열어 놓고 있다는 점을 들 수 있다. 그만큼
아직도 해양문학 인구가 많지 않다는 점도 인정되지만, 무엇보다 신
인으로만 제한한다면 작품의 질이 떨어질 수 있다는 우려 때문이다.
그러나 응모할 군번이 아닌 대가大家들도 많다. 만약 이제도의 시행
으로 그들의 시선을 바다로도 돌릴수 있다면, 비단 해양문학 뿐 만
아니라 해양 전반에 걸쳐 풍요를 가져올 수 있는 계기가 될 수도 있다.

끝으로 신인의 발굴에 힘써야 한다. 현재 한국문인협회를 필두로
각 문학단체들 마다 신인상을 제정, 공모하고 있다.

해양문학 신인상 제정은 해수부에 건의 해 두고 있으나, 여의치
않으면 사단법인체인 한국해양문학가협회가 담당하면 될 것이다. 이

4가지 요구가 충족될 때, 한국해양문학은 성장기를 지나 번영기로 접어들 수 있을 것으로 본다.

1996년 일본에서 발간된 『世界 の 海洋文學』에 의하면 영국에는 해양문학가로 등록된 작가가 2만 명이 넘는다고 한다.

그에 비해 2017년 현재 한국해양문학가협회 정회원 60여명, 그외 회원은 아니라도 해양문학으로 잘 알려졌거나 알려지지 않은 작가들 모두 합해도 추산컨대 200명을 넘기기 힘든 것이 우리네 실정이다. 과연 영국이 해양문학의 종주국으로 자처할 만도 하다. 앞에서 말 한대로 한국해양대학교에서는 1999년 해양문학 강좌를 개설한 이래 지금까지 2천여 명이 넘는 수강생을 배출 했다. 한 학기 동안 문예창작과처럼 문학의 꽃인 장르별 창작까지는 이루지 못하고 해양수필 습작 정도로만 끝나지만, 입문과정은 거친다. 그들 모두가 해양문학에 매진할 수는 없더라도 졸업생 상당수가 해양문학 습작에 노력하는 예비해양문인의 길을 가고 있다. 이런 점이 해양문학상에 대한 관심이 점증漸增 하는 연유 중에 하나가 될 수 있고 바다의 중요성에 대한 세인世人들의 인식도 높아졌다는 증거도 된다. 모든 행동에는 동기動機가 있게 마련이고 성취동기는 의욕과 실행 의지를 요구한다. 아무튼 해양문학상 제도가 앞으로 훌륭한 해양문학가의 탄생과 아울러 해양문학의 저변확대에 크게 기여할 것은 자명한 일이다. 한국해양문학의 내일은 밝다.

제 2 장

해양문학으로
가는 길

들어가며

모든 문학작품은 장르에 따라 형식과 내용면에서 공통되는 요소와 상이성이 상존하기 마련이다. 그러나 특수문학의 한 분야에 속하는 것으로 간주되는 해양문학의 경우 여타 문학과는 대별되는 독특한 상이점이 작품구성의 중요한 요인으로 작용한다. 해양문학이 무엇인가라는 물음에 대해서는 앞장에서 본 바와 같이 규정짓는 것이 일반적인 견해이다.

따라서 해양문학을 창작함에 있어 해양문학만의 특수성은 어느 장르를 막론하고 바다가 주제 또는 구성요소로 부각되어야만 할 당위성을 지닌다. 여기서 인류에 대한 바다의 존재 의미와 인간과의 상관관계 등이 구체적으로, 때로는 상징적으로 표출되는 해양문학이 요구하는 구성요소를 정리해 볼 필요가 있다.

1. 바다, 바라보기(見)

우리말 '바다'의 어원에 대한 정설은 아직 들어보지 못했지만, 모든 것을 죄다 '받아' 들인다는 의미의 음을 따라 '바다'라고 한다는 설이 설득력이 있어 보인다. 그러나 바다를 '바라보다'의 준말로 주장하는 이도 있다. 그 주장의 진위를 떠나 해양문학 창작의 가장 기초적인 단계는 육지나 선상에서 바다를 바라보는 행위가 무엇보다 접근이 용이한 요건이 된다. 여기서 '바라본다' 함은 그저 물끄러미 바라보는 행위가 아니라 관조觀照를 뜻한다. 관조는 작가의 예리한 관찰에서 비롯되고 관찰은 연속성을 요구한다. 국내외를 막론하고 해양문학의 범주에 속한다는 작품들 중 특히 시에서 바다를 관조함에 따른 작품들이 상당한 것도 이런 연유 때문일 것이다. 비록 공식적인 논란은 아니라 하더라도 혹자或者는 '바라 본' 바다가 주제인 작품은 해양문학의 범주에 속하지 않는 것으로 보기도 하지만, 그러한 시각은 해양문학의 영역을 축소해 저변확대에 저해요소로 작용할 소지가 있다.

바다는 언제나 변화무쌍하다. 광활 무비한 공간, 다양한 색조, 역동적인 몸부림, 주변 조형물과 해양생물들과의 조화 등은 바라보는 이의 감탄과 호기심을 자극하기에 충분하다. 그 호기심이 바다를 알고자 하는 욕구를 부른다. 그러한 바다를 바라보고 그 이치를 알려는 인간의 감성은 관조에서 비롯되고, 그 감성이 표출되는 것이 해양문학의 형태로 나타나는 일차적인 요인이 된다. 이 원초적인 단계를 한마디로 요약해서 '견見'으로 표현하고자 한다. 국토의 삼면이 바다인 우리의 경우 바다 바라보기에 가장 적합한 요건을 갖추고 있다. 마음먹기에 따라 언제나 볼 수 있는 바다소설 중 특히 시에서 그 수를 풍요롭게 하는 이유로 본다. 망막을 통해 뇌리에 입력된 바다가 작가의 표현하고자 하는 욕구로 표출되는 것이 해양문학이란 관문을 통과하는 일차적인 통행증이 되는 것이다.

2. 바다, 알기(知)

바다는 바라보고 느끼는 것만으로 알 수 있는 단순한 존재가 아니다. 해양문예 작품을 창작하는데 제1단계인 바라보기만 한다면, 피상적인 바다만을 묘사할 가능성이 다분히 있다. 실제로 우리의 문학 주변에서 피상적으로 그려진 바다를 허다히 볼 수 있는 것도 이런 연유 때문일 것이다. 그러한 바다는 얕은 바다에 속할 수밖에 없다.

바라보기의 다음 단계로 바다가 무엇인지 알아야 한다. 바다를 알자면 우선 조석潮汐의 이치, 파도의 생성과 변화 등 바다의 가시적인 현상과 불가시적인 해저의 생태 등 자연과학적 지식은 상식과 학문에 의존하는 태도가 필요하다. 45억 년 전에 생성된 것으로 알려져 있는 바다는 아직도 상당부분 미답의 세계로 남아 있다. 그러나 21세기에 들어 선 현 시점에서 과학이 아닌 문학에서 알고자 하는 욕구를 충족치 못할 만큼 바다에 대한 정보가 미비하지는 않다고 본다. 따라서 해양에 관한 정보 수집은 일차적으로 해양상식과 학문에 천착穿鑿하는 길이다. 해양에 관한 서적과 멀티미디어 등이 이미 상당수 개발되어 있지만, 보편적으로 인식과 관심이 부족한 점이 우리의 현실이다. 작가들은 틈틈이 국어사전을 뒤적인다고 한다. 사용하고자 하는 용어의 적합성과 새로운 용어를 찾기 위함일 것이다. 작가들의 이러한 노력과 같이 무엇보다 바다에 대한 끊임없는 관심이 요망된다. 그 관심이 필요충분조건에 속한다고 보는 것은 그에 대한 대가로 쓰고자 하는 동기가 유발될 수 있기 때문이다.

둘째로 해양용어의 습득을 들 수 있다. 해양이나 선박, 그 외 해양 관련 용어들은 외래어를 위시하여 특수용어들이 대부분을 차지한다. 적합한 용어의 사용은 작품의 실재감과 현장감을 살려준다. 일례로 뱃머리의 또 다른 우리말 명칭은 이물이고 선미는 고물이라 한다. 그런데 이 두 용어를 바꾸어 사용하거나 극단적인 예로 '갈매기'를 '비둘기'로 표현한다면, 하나의 잘못 인용된 용어가 작품 전체의 이미지를 망쳐 놓는 결과를 초래할 수 있다. 따라서 바다 자체를 아는 것 못지않게 해양용어에 대한 상식도 해양문학 창작에 간과될 수 없는 요소 중 하나이다.

셋째로 바다체험과 소재를 찾아야 한다. 바다 일에 종사하는 모든 이를 '해양인'으로 부른다면, 그 범위는 갯벌에서 조개 잡는 아낙네로부터 어민, 스쿠버, 연안이나 대양의 항해자, 해경, 해군제독까지다. 그들에게서 듣고 배우는 해양용어와 체험을 통한 바다정보는 살아있는 해양상식에 속하므로 그들의 직접체험을 자신의 것으로 만드는 간접체험도 작품구성에 한 방편이 된다. 단지 여기에는 반드시 실사實査가 따라야 한다.

여느 문학과 마찬가지로 해양문학에서도 상상을 동원할 수 있지만, 특히 내용의 사실성事實性은 해양문학 작품 구성에 근간이 되기 때문이다. 이렇게 시야와 관념을 넓혀보며 해양문학의 소재가 우리 주변에 무수히 널려있다는 것도 느끼게 될 것이다.

3. 바다에서 해 보기(行)

　우리가 사물을 이해하기에는 눈으로 83%, 귀로15%, 나머지 2%
는 영감에 따른다고 한다. 고로 백문불여일견百聞不如一見은 지당하다.
그러나 해양문학에서는 이와 같이 바다를 듣거나 바라보고 아는 것
으로만 창작에 임한다면 사실감과 박진감 등 진정성이 결여될 소지
가 있다. 백견불여일행百見不如一行이 해양문학의 핵심요소이기 때문에
다소간 알게 된 바다에 '풍덩' 뛰어들어 보아야 한다. 이것이 해양문
학의 특성이다. 실례로 구약성서 중에서 '여호와'의 명을 어기고 달
아나는 '요나'가 택한 도주로는 육로가 아니라 해로海路였다. 그 과
정에서 등장하는 배, 선원, 고래 등으로 인해 『요나기』는 비문학서
중 최초로 바다가 등장하는 기록으로 알려지게 되었다. 또한 '오디
세우스=율리시즈'의 모험, 고난, 사랑 등이 포세이돈의 저주에 의한
다 하더라도 대부분 바다에서 이루어진다. 그의 영웅적인 활동 무대
였던 지중해가 서양인들의 바다로 향하는 진취적인 기상을 부추긴
것으로 볼 수 있고, 『오디세이아』는 서양문학은 물론 세계해양문학
의 원조로도 손꼽히게 되었다. 이 모든 것이 바다로 뛰어든 행위에
기인한다. 바다에서의 행위는 파도가 살랑거리는 모래사장을 맨발로
걷기와 같이 가장 손쉬운 것으로부터 수영, 갯벌에서 조개 잡이, 낚
시질, 각종 해양레저 스포츠, 뱃놀이 등으로 시작된다. 그 다음 단계
로 가능하다면 어로작업과 연근해와 대양을 항해하는 직접체험을
해보는 것이다. 직접체험은 문학의 모든 분야 창작에 유용하지만 특
히 해양문학에서는 필요불가결한 요소에 속한다. 실제 바다 일에 종
사하는 해양인들의 작품이 일반인들의 것보다 더역동적으로 느껴지

는 것도 작가의 글쓰기 역량을 떠나, 직접체험에 의해 쓰인 때문으로 단정 지어도 무리가 아니다. 또한 직접체험을 하는 과정에서 시적인 감흥이 일거나 마치 소설 같은 특이한 사건과 조우하게 된다면, 창작활동에 금상첨화가 될 수 있다. 해양소설이나 논픽션물의 배경이 대형 상선보다 어선이 월등히 많은 것도 상선에 비해 어선이 규모나 장비 면에서 상대적으로 열악한 탓에 특이한 사건 발생 빈도가 잦기 때문일 것이다. 픽션으로도 불리는 소설에서 문학적인 상상에 의한 허구는 실제 있음직한 또는 그럴법한 사건을 지칭한다. 따라서 해양소설류들이 거의 논픽션에 가까운 것도 직접체험이 그 바탕이기 때문일 것이고 대부분의 해양소설들이 팩션faction(fact+ fiction)에 속한다고 보는 관점의 근거가 된다. 견見과 지知에 이어 세 번째 단계인 행行에 이르면 해양문학 창작에 대한 기본적인 소양은 거의 갖추게 되어 본격적인 창작활동을 할 수 있게 된다. 대체로 사실寫實적인 시와 해양 수기나 소설류의 산문들이 표출하는 바다가 이 단계에서 머무는 것도 이런 연유에 기인한다고 볼 수 있다.

4. 바다에 마음심기(情)

대개의 경우 바다를 보고, 알고, 행하다 보면 바다에 익숙해지고 친밀감을 가지게 된다. 그 친밀감은 해양친화사상으로 이어져 바다에 애정을 느끼게 됨을 의미한다. 그러나 황천항해荒天航海에서 죽을 고비를 넘기거나 지독한 뱃멀미를 해 본 연후에는 바다에 정이 붙는 것이 아니라 오히려 정나미가 떨어지게 된다. 이럴 때, 바다는 부정적인 묘사의 대상이 될 수도 있다. 해양문학의 궁극적인 목표는 해양친화사상 높이기에 있기 때문에 부정적으로만 묘사되는 바다는 해양문학에서 지향할 바가 아니다. 일예로 서양사에서 15세기 포르투갈의 엔리케 왕자는 첫 항해에 올랐다가 극심한 뱃멀미에 시달려 중도에 항해를 포기한 탓에 '멀미왕자' 라는 별명까지 얻게 되었다. 얼마나 바다에서 혼이 났던지 그 후로 자신은 바다를 좋아하면서도 다시는 항해에 나서지는 않았다고 한다. 그러나 탐험함대를 아프리카 서해안에 파견하여 새로운 항로를 개척하는 등 지리상의 발견시대 기초를 구축한 공로로 멀미왕자가 '항해왕'으로 칭송받는 역사 속의 인물로 둔갑했다. 비록 문학외적인 한 편의 사실史實이지만, 그 기조에는 바다를 좋아한 엔리케왕자의 해양개척에 대한 정책적 배려와 함께 바다에 대한 끈끈한 정情도 작용했으리란 추정에서 부정의 바다를 긍정으로 승화시킨 경우에 속한다고 본다.

바다가 지닌 양면성은 고요함과 노怒함으로 대별된다. 해양문예에서 항상 고요한 바다만 묘사된다면, 시각이나 관념의 폭을 축소하게 되고 줄거리 전개에도 박진감이 결여될 수 있다. 따라서 노한 바다의 존재가 작품구성에 결코 간과될 수 없는 중요한 요소라 해도 그로 인해 부정적인 인식을 심는 것은 바람직하지 못하다. 부정의 바다는 부분적이거나 사건의 발단과 전개과정의 한계를 넘기지 않는 것이 바다와 해양문학에 대한 애정의 깊이를 더해준다.

우리는 자연보호차원에서 바다를 사랑하자고 말한다. 그러나 바다의 본질이 모성母性에 있다는 점을 감안한다면, 사랑의 주체는 바다이고 인간은 바다의 사랑을 받아야할 객체에 속한다고 할 수 있다. 모성은 모정母情을 베푸는 주체이기 때문이다. 인간의 감성이 작용하는 대상은 바다 자체만이 아니라 주변의 모든 것이 될 수 있다.

여기서 인간이 자연을 포용하느냐 자연이 인간을 포용하느냐에 대한 의문이 제기된다. 그 의문에 대한 해답은 다분히 주관적인 인식에 의한다. 바다 자체에 울타리가 없듯이 인간 개개인의 주관적인 인식도 강요된 테두리 속에 묶어둘 수 없다. 이것이 대 자연인 바다가 자유로움을 갈구하는 인간에게 베푸는 일종의 모정이고, 인간이 바다에게 느껴야할 애정의 원천이다. 정情은 홀로가 아니라 서로 나눌 때가 가장 숭고하고 아름답듯이 인간에 대한 바다의 모정과 바다에 대한 인간의 애정이 한데 어우러져 문자화될 때, 소금냄새 짙은 해양문학의 참 맛과 멋을 드러낼 수 있을 것이다.

5. 바다를 통해 깨우치기(覽)

지금까지 해양문예작품 창작의 필수요건으로 見, 知, 行, 情을 제시해 보았다. 그러나 이 4단계로만 창작 활동을 마무리한다면, 바다와 인간간의 관계 설정 등은 부각될지라도 핵심이 되는 인간의 사상은 배제될 수 있다. 바다 자체나 바다에서의 인간 삶의 묘사는 1차원의 세계에 속한다. 차원을 달리하는 것은 작품의 수준을 높이는 방편도 된다. 여타 문학도 그렇지만, 인간의 삶에 심오한 사상이 깃든 작품은 해양문학에서도 궁극적으로 추구해야 할 목표이자 과제이다. 멜빌의 『Moby Dick』에서 가장 논란의 대상이 되는 것은 실재하지 않는 거대한 하얀 고래에 대한 모범답안을 멜빌이 제시하지 않은 탓에 모비 딕의 상징성으로 알려져 있다. 모비 딕은 에이헵Ahab 선장에 의해 죽임을 당하지 않고 단지 바다 속으로 사라졌을 따름이다. 에이헵은 구약성서 중에서 폭군 왕이라 한다. 그러면 그는 무엇에 대한 폭군인가. 작가들이 작중 인물을 그 특성에 맞게 작명하는 경우를 허다히 볼 수 있다. 멜빌이 주인공을 왜 폭군왕의 이름으로 작명했는지에 착안하면 모비 딕을 대자연의 상징으로 보는 것이 타당하다. 바다는 인간에 의해 결코 정복되지 않는 대자연이기 때문이다.

멜빌이 이런 점을 깨우치려 했는지에 대한 근거는 없다. 단지 추정에 의한다 하더라도 후세의 독자가 그렇게 깨달았다면, 바다에 대한 긍정적인 인식을 심는다는 면에서 저자의 의도와는 상관없이 성공한 사례가 될 수도 있을 것이다.

또 다른 예로『노인과 바다』에 대한 여러 각도의 평설은 '니힐리즘의 극치'에 초점이 맞추어져 있음을 볼 수 있다. 이는 대자연에 부단히 도전하는 인간의 무모함이 비록 '숭고한 인간의 의지'로 승화된다 하더라도 결국 '대자연의 승리'로 귀결됨을 시사해 준다. 이런 점에서 모비 딕과 뼈만 남긴 거대한 청새치는 대자연의 상징인 동시에 두 작품의 공통점이 될 수 있고, 또 한편으로는 헤밍웨이가 이 작품을 통해 해양친화사상을 깨우쳐 멜빌과는 차별화를 시도한 것으로도 생각할 수도 있다. 독자를 각성覺醒시키자면 작가 자신이 정각正覺할 수밖에 없다. 여기서 말하는 정각은 종교적인 의미가 아니라 바다에 결부된 인생에 대한 긍정적인 인식과 사유思惟를 의미한다. 이것이 해양문학이 궁극적으로 취해야 할 태도이기도 하다. 베른은『해저 2만리』를 통해 '인간의 진정한 자유'를 갈구했다. 그가 선택한 인간의 영원한 안식처는 산 속이나 하늘이 아니라 바로 바다 속이었다. 이는 바다가 지닌 양면성 즉, 긍정과 부정에서 베른이 직설적으로 긍정적인 인식을 깨우치고자 한 것으로 볼 수 있다. 앞장에서 말한바와 같이 모든 생물이 바다에서 태어났다는 것은 주지의 사실이다. 따라서 바다를 향한 인간의 동경은 무의식적인 향수鄕愁에 속한다. 베른은 이런 점을 잠수함 노틸러스 호로, 뤽 베송 감독은 영화 '그랑 부르'(Le Grand Bleu)를 통해 깨우치려 한 것으로 본다. 위에서 열거한 작품들이 해양문학과 해양영화의 진수로 손꼽히는 이유도 여기에 있다.

나오며

태양계에서 인류는 물론이고 생명체가 존재하는 혹성은 지구뿐이라 한다. 지구에만 바다가 있기 때문이다. 바다가 없는 지구는 존재할 수 없다. 흔히들 "인간은 공기 없이는 살 수 없다. 그러나 평소에 그 사실을 인식하지 못한다."라고 말하면서도 바다 없이 살 수 없다고 말하지는 않는다. 바다를 떠난 인간이 육지생활에 적응한 탓이다. 인간의 생존 여부를 떠나 인류의 미래가 바다에 달려있다는 인식이 팽배한 것이 작금의 지구촌 현실이다. 바다가 살아야 우리 모두가 살 수 있다. 바다를 살리는 길은 바다에 대한 경외심과 함께 긍정적인 인식을 높여야 한다. 이것이 해양문학의 역할이고 나아가야 할 길이다. 따라서 해양문학을 창작함에는 글쓰기의 기본과 기법도 중요하겠지만, 무엇보다 바다에 대한 작가의 의도가 명석해야 할 필요성에서 '見, 知, 行, 情, 覺'을 제시해 보았다. 아무쪼록 우리의 연근해로부터 세계7대양에 이르는 모든 바다에, 바다를 이해하고 사랑하는 얼이 깃든 글들이 충만하기를 기대하며 우선 종교와 신화에서부터 바다의 존재의미를 살펴보고자 한다.

제 3 장

바다의 존재 이유

1. 종교와 신화의 바다

a. 요나 Jonas의 실수

종교라는 고정관념만 탈피할 수 있다면, 『성서: The Bible』만큼 널리 보급되고 창조주인 신과 그 피조물인 인간과의 관계가 가장 장엄한 대 서사시를 이루는 문학작품이 인류사에 없다고 해도 과언은 아닐 것이다. 이러한 관점은 성서문학Biblical literature이 문학서로서의 성서와 성서가 문학에 끼치는 영향에 대해서 연구하 는 문학의 한 분야로 성서가 문학 성립의 기반을 제공하였다고 간주하는 데 기인한다. 성서에서도 B. C. 760년경에 요나 자신이 기술한 것으로 추정되는 구약성서 중의 『요나기Jonas記』를 해석하는 방법도 전설과 비유 그리고 역사적인 방법 등 여러 가지 해석 방법이 있다고 한다. 이 『요나기』에 하나님 여호와의 명을 어기고 바다를 통하여 달아나는 요나에게 내린 여호와의 응징과 요나의 참회가 바다에서 이루어지고, 그로 인해 비문학 부분에서 최초로 바다가 등장하는 것이 『요나기』로 알려져 있으므로 '종교를 떠나 하나의 해양 관련 작품'이란 입장에서 '여호와와 요나의 바다'를 살펴 볼 필요가 있다.

　　여호와의 말씀이 아밋대의 아들 요나에게 임하니라. 이르시되 너는 일어나 저 큰 성읍 니느웨로 가서 그것을 쳐서 외치라 그 악독이 내 앞에 상달하였음이라 하시니라. 그러나 요나가 여호와의 낯을 피하려고 일어나 다시스로 도망하려 하여 욥바로 내려갔더니 마침 다시스로 가는 배를 만난지라. (...) 다시스로 가려고 선가를 주고 배에 올랐더라. 여호와께서 대풍大風을 바다 위에 내리시매 (...) 바다가 점점 흉용洶涌한지라. 무리가 그에게 이르되 우리가 너를 어떻게 하여야 바다가 우리를 위해 잔잔하겠느냐 그가 대답하되 나를 들어 바다에 던지라 그리하면 바다가 너희를 위하여 잔잔하리라 너희가 이 큰 폭풍을 만난 것이 나의 연고인 줄을 내가 아노라 하니라.(...) 요나를 들어 바다에 던지매 바다의 뛰노는 것이 곧 그친지라. (...) 여호와께서 이미 큰 물고기를 예비하사 요나를 삼키게 하셨으므로 요나가 삼일 삼야를 물고기 뱃속에 있느니라. 요나가 물고기 뱃속에서 그 하나님 여호와께 기도하여 가로되 (...) 나는 감사하는 목소리로 주께 제사를 드리며 나의 서원을 주께 갚겠나이다. 구원은 여호와께오서 말미암나이다 하니라. 여호와께서 물고기에게 명命하시매 요나를 육지에 토하니라.

　구약성서 중에서 인용한 구절이지만 이러한 『요나기』의 예에서 추구하고자 하는 바는 종교적인 의미가 아니라, 단지 바다가 가지는 의미를 보아야 한다.

　이『요나기』에서 바다의 표면적인 양상은 여호와의 뜻에 따라 피동적으로 움직여지는 종從으로 주主여호와의 뜻을 어기려는 요나를 응징하는 일종의 수단과 방편이 된다. 그러나 그 내면에는 여호와가 자신의 잘못을 뉘우친 요나를 구원할 큰 물고기를 바다에 미리 예비시켜 두었으므로, 응징으로만 끝나는 것이 아니라 '구원'의 뜻을 함축하고 있는 것이다. 이런 관점에서 여기서의 바다는 단순히 바다 그 자체보다 바로 피조물인 인간에 대한 하나님 여호와의 긍휼矜恤로도 볼 수 있다.

또한, 신약新約과 구약舊約이란 성서의 약자約字: testament는 "모든 인간의 구원을 약속約束"한다는 뜻에서 붙여진 명칭이므로 구태여 구원을 주장하는 것이 부질없는 일인지도 모른다. 그러나 바다에 의한 구원을 주장하고자 인용한『요나기』는 종교적인 의미를 벗어나 문학적인 입장에서 고찰한다면, 비록 간단한 줄거리의 전개지만 최초의 해양 관련 꽁트conte로 간주해도 손색이 없다. 요나는 기원전의 세계에서 현대에 와서도 쥘 베른(Jules Verne, 1828~1905, 프랑스 작가)의『해저 2만리』에 등장한다.

    그러자 나는 왜 처음으로 괴물 생각이 떠올랐는지 알 수 없
    었다. 하지만, 이 소리는 무얼까? 지금은 요나가 고래 뱃속에 피
    신하던 시절은 아니지 않는가!

괴물로 알려진 잠수함 노틸러스호를 조사하기 위해 프랑스 해양 생물학자 아로낙스Aronnax교수가 조수 꽁세이유Conseil와 캐나다 출신 포경수 네드 랜드Ned Land를 대동하고 미국 순양함 링컨호를 타고 떠나지만, 링컨호는 노틸러스호에 의해 파선되고 일행 셋은 노틸러스호의 승무원들에게 구조된다. 노틸러스호에서 지상사회의 구속에 염증을 느껴 진정한 자유를 갈구하며 해저도시를 구상하는 네모Nemo 함장을 따라 신비한 해저탐사 등을 하며 계속 항진하다가 마의 소용돌이에 휘말려 아로낙스 일행만 살아남고, 네모함장과 함께 노틸러

스호가 사라지는 것이 『해저 2만리』의 줄거리이다. 링컨호에서 바다에 빠진 아로낙스가 바다 속에서 들려오는 노틸러스호의 기관소리를 듣고 요나를 연상하게 되는 것은 성서를 통한 서양인들의 요나에 대한 인식이다.

— 이처럼 기원전 7세기 때의 인물이 21세기 지금까지도 회자되는 것은 기독교 문화권인 서양인에서 요나는 상식속의 인물이기 때문일 것으로 추정할 수 있다. 우리가 흥부,놀부나 효녀 심청이라면 누구나 다 아는 것과 같은 맥락이다. 여기서 만약에 요나가 육로陸路로 도주했다면, 숨을 곳이 무궁무진한 육지에서 아무리 전지전능 하신 여호와라 해도 요나를 찾아내기가 쉽지 않았을 것이다. 그러나 바다에 나가면 뱃사람들이 강인한 이유 중에 하나도 되지만, 해저 말고는 숨을 곳이 없다. 여호와의 명을 어긴 첫 번째 실수에 이어 육로가 아닌 해로海路 로 달아 난 요나의 두 가지 단순 실수 덕분에 바다는 응징에서 구원救援의 의미를 지니게 되었다. 또한 요나 이야기의 핵심은 바다와 고래뱃속에서 3일간이지만 『성서주해서』에 의하면 고래를 →큰 물고기로, 뱃속을 →입속으로 주장한 학자가 있다. 지중해에는 예부터 고래가 서식하지 않았다는 사실과 3일간 등을 고려할 때, 충분히 납득할 수 있는 주장이고 현재 발간된 성서들 중에 고래가 큰 물고기로 서술된 성서도 많다. 또한 이로 인해 요나는 19세기에 '모비 딕'이란 고래를 탄생시킨 멜빌에게 세계 해운계에서 가장 금기시하는 밀항자 중 '인류 최초의 밀항자'로 낙인찍히게 된다. —

b. 지장보살의 염원

성서를 떠나, 불교의 수많은 경전 중에 성서의 『요나기』처럼 바다가 하나의 스토리로 엮여진 경우는 잘 알려져 있지 않다. 하지만 기독교와 더불어 세계 2대 종교인 불교를 배제할 수 없고 불교문화권에 속하는 우리로서는 더욱 그러하다. 여러 불교경전 중 바다가 등장하는 불경으로 알려진 『地藏菩薩本願經지장보살본원경』 중의 다음 인용문에서 '문학 이전의 바다' 이미지를 찾아볼 수 있다.

　　이때 바라문녀는 부처님께 예배하기를 마치고 곧 집으로 돌아와서 어머니를 생각했기 때문에 단좌하여 각화정자재왕여래覺華定自在王如來를 염하면서 하룻밤 하루 낮을 지냈더니 문득 자신의 몸이 한 바닷가에 이르렀는데, (…) 여기에 무독無毒이라는 한 귀왕이 (…) 성녀를 맞이하면서 말하였다. "장하십니다. 보살은 어떤 인연으로 이곳에 오셨습니까?" 바라문녀가 귀왕에게 물었다. "여기는 어디입니까?" "이곳은 대철위산 서쪽의 첫 번째 바다입니다"라고 무독이 대답하였다. (…) 성녀가 또 물었다. "저 바닷물은 웬일로 저렇게 용솟음쳐 끓어오르며, 저 많은 죄인과 험악한 짐승들은 어떻게 된 것입니까?" "저들은 (…) 본래 지은 업을 따라 지옥에 가느라고 자연히 먼저 이 바다를 건너게 됩니다. 이 바다 동쪽으로 십만 유순由旬*)을 지나 또 한 바다가 있는데, 그 고통은 또 그 배나 됩니다. 이 고통은 삼업三業이 악惡하였던 원인으로 해서 받는 것이므로 모두가 업해業海라 부르는데, 그곳이 바로 여깁니다." 성녀聖女가 또 물었다. "지옥은 어디에 있습니까?" "그 세 바다 안이 바로 큰 지옥입니다." (…) "성자는 집으로 돌아가소서. 조금도 걱정하거나 슬퍼하지 마소서. 열제리 죄녀가 천상에 난지 이제 사흘이나 되었습니다. 효순한 자손이 어머니를 위하여 공양을 올리고 (…) 보시한 공덕으로, 보살의 어머니만 지옥에서 벗어난 것이 아니라, 그 날 무간無間지옥에 있던 죄인들은 모두가 함께 천상에 태어나 낙樂을 누리게 되었습니다." 귀왕이 말을 마치고는 합장하고 물러갔다.

---

*) 유순由旬: 고대 인도의 이수里數단위. 소달구지가 하루에 갈 수 있는 거리로 대 유순 80리, 중 유순 60리, 소 유순 40리 3가지가 있다.

위의 인용에서 '바라문녀'는 불교의 삼보(三寶 : 佛, 法, 僧)를 업신여긴 죄로 지옥에 떨어진 어머니 '열제리'와 미륵불이 출현할 때까지 천상에서 지옥까지의 모든 중생을 교화하려는 염원을 세웠다는 지장보살이다. 그 염원이 얼마나 강했던지 육신이 땅속에 반쯤 묻혔다고 해서 지장地藏보살이라 부른다고 한다. 이와 같이 『지장경』에서도 『요나기』와 마찬가지로 표면적으로는 바다가 죄를 응징하는 수단과 방편으로 등장하고 있다. 그러나 요나와 무간 지옥인 바다에 떨어진 중생들 모두가 회개하고 공덕을 쌓은 연후에는 여호와와 부처님의 은덕으로 구원을 받고 있으므로, "업해業海"로 표현된 '응징의 바다'가 내면의 세계인 종교적인 차원에서는 바로 '구원의 바다'로 이어진다.

2. 바다의 구원救援

이러한 바다의 응징은 두 종교서를 떠나 서양의 고전古典『오디세이아』에서도 오디세우스 - 이후 우리들에게 더 잘 알려진 영어명 율리시즈Ulysses로 표기함 - 의 모험적인 행동에 중요한 한 요인으로 나타난다.

> 그는 언제나 그의 고국과 아내에게로 돌아가기를 갈망하며 머물러 있을 수밖에 없었지. 왜냐면 정욕에 사로잡힌 여신 칼립소가 그를 동굴 속에 가두어 놓고, 정부로 삼으려 했거든. (...) 포세이돈만 제외하고 모든 신들이 그를 측은하게 여겼지만, 그를 증오하는 포세이돈은 그가 고향에 돌아갈 때까지 그를 괴롭혔지.

『오디세이아』는 기원전 9세기경에 그리스의 서사시인 호메로스 Homeros의 대서사시로 알려져 있으므로 성경의 세계를 알 수 없었던 그 당시 그리스인들은 자연히 그들 나름대로의 신화를 발전시키게 되었을 것이다.

또한, 서양의 신화들이 오늘날까지도 서구문화의 중요한 맥을 이어 오고 있기 때문에 그리스나 로마신화를 모르고는 서구문화를 이해할 수 없다고 단언해도 무리는 아니다. 위의 인용에서 거론되는 여러 신들 중 해신海神인 포세이돈Poseidon은 로마신화에서는 넵튠Neptune이 되고, 우리에게는 용왕龍王에 해당된다.

동·서양의 어느 해신이든 인간이 바다에 대해 어떠한 주술呪術을 할 적에 바다 자체를 직접적인 대상으로 삼는 것보다는 바다를 상징함과 동시에 바다의 위력을 제압할 수 있는 대상의 필요성에 의해 해신을 설정한 것으로 추정할 수 있다. 따라서『오디세이아』에서 바다를 관장하는 포세이돈은 바로 '바다' 그 자체를 의미하게 된다고 보아야 하고 '포세이돈=바다'란 관점으로『오디세이아』에서의 바다를 이해토록 해야 할 것이다. 또한 포세이돈이 율리시즈의 귀향을 집요하게 방해하는 것은 바로 '바다의 응징'이 되며, 그 응징의 당위성을 율리시즈를 구해주려는 여신 아테네에게 주신主神인 제우스가 다음과 같이 설명하고 있다.

> 나로서는 어쩔 수 없다. 아직도 포세이돈이 몹시 화를 내고 있는 것은 율리시즈가 외눈박이 거인 폴리페모스의 눈을 찔러 장님으로 만들었기 때문이야. 포세이돈이 요정 토오사에게서 낳은 아들이 바로 폴리페모스이거든.

포세이돈이 율리시즈를 증오하게 된 동기가 그의 아들인 폴리페

모스를 율리시즈가 장님으로 만든 데 있다는 것은 신의 아들에 대한 도전은 곧 신에 대한 도전으로 간주되기 때문일 것이다. 더욱이 해신에게 도전한 행위는 바로 바다에 도전한 인간의 오만이며, 포세이돈의 복수는 '대자연에 순응하지 않고 역행하려는 어리석음을 응징'하고 경종을 울리는 것으로도 볼 수 있다. 포세이돈=바다란 관점을 『모비딕』 제1장에서는 다음과 같이 표출시키기도 한다.

> 왜 고대古代 페르시아인들은 바다를 신성시했으며, 왜 그리스
> 인들은 바다를 그들의 고유한 신 주피터의 친동생으로 모시는
> 가? 그것은 무엇인가를 의미하는 것이다!

주피터는 로마신화에서 제우스신의 또 다른 이름이다. 고대 페르시아와 그리스인들이 "바다를 신성시"하고 "해신 포세이돈을 태양의 신인 제우스의 동생"으로 간주한 것은 자연 현상에서 태양과 바다와의 불가분의 관계를 신화화神話化한 것으로 추정된다. 따라서 포세이돈은 바로 바다 자체를 의미하고 포세이돈의 응징은 바로 '바다의 응징'이다. 그 응징의 상징적인 의미는 율리시즈가 결과적으로 아테네의 청을 받아들인 제우스의 후원 덕분에 '바다를 통해 귀향'하게 되므로 앞서 본 두 종교서에서와 마찬가지로 궁극적으로는 '구원의 바다'로 귀결되는 것이다.

이와 같은 구원의 바다는 서양신화에서만 존재하는 것이 아니라 우리의 고전문학 중 『심청전沈淸傳』에서도 볼 수 있다.

> 청이 간신히 인당소에 다다르니, 이 때 모든 장사꾼이 재물을
> 차려 놓고 시각이 늦어 감을 안타깝게 여겨 고대하다가, 청이
> 오는 것을 보고,

"바삐 물에 뛰어들라."

하니, 청이 기가 막히지만 어쩔 수 없어서 하늘을 우러러 통곡하고, 다시 사방을 향하여 절하고 빌었다.

"인간 세상의 병인病人 심현의 딸 청이 세 살에 어미를 여의고 앞 못 보는 아비를 빌어다가 연명하던 중에, 부처님께 시주하면 아비 눈이 뜨이리라 하기로 몸을 팔아 이 물에 빠져 죽습니다. (...) 너그러우신 하느님과 밝으신 신령께서는 굽어 살피소서."

빌고 나서 물을 굽어보니, 푸른 물결은 하늘에 닿았고 슬픈 바람은 소슬하게 일어나며 물보라는 자욱하게 둘렀는데, 배 젓는 소리는 가는 넋을 재촉하니 슬프고 참혹했다. 청이 아버지를 세 번 불러 통곡하며 두 손으로 낯을 가리고 몸을 날려 물에 뛰어드니, 모든 장사꾼이 그 딱한 모습을 보고 못내 슬퍼했다.

이때 청이 물에 떨어졌는데도 가라앉지 않고 얼마동안 떠가는데, 문득 향기로운 바람이 일어나며 새앙머리한 선녀가 조각배를 타고 옥피리를 불며 나는 듯이 떠오더니, 청을 붙들어 배에 올려 젖은 옷을 벗기고 새 옷 한 벌을 갈아입힌 후에, 호리병에서 회생약回生藥을 따라 먹였다. (...)

"여러 선녀들은 뉘시관데 물에 빠져 죽은 사람을 구하시는지요?"

하고 말은 했지만 정신이 가물거려 제대로 말이 되어 나오지 못했다. 선녀들이 대답하기를

"우리는 동해 용왕의 시녀로서 부인을 뫼셔오라는 명을 받고 왔는데, 시각이 더디어 하마터면 목숨을 잃을 뻔하셨습니다."

청이 다시 정신을 수습하여,

"나는 인간 세상의 천한 사람인데 용왕이 이렇듯 염려해주시니 황공하고 감사합니다."

선녀가 말하기를

"부인의 고행苦行도 하늘이 정하신 바요, 이제 용왕이 부르심도 또한 정해진 운명이오니 가시면 저절로 아실 것입니다."

『심청전』을 옮긴 정하영(이화여대 교수)에 의하면, 여러 본본本으로 구분되는 『심청전』은 그 내용 면에서 '경판본'과 판소리의 영향을

받았다는 '완판본'으로 대별된다고 한다. 위의 인용은 문장체 소설에 가깝다는 '경판본'의 일부이다.

용왕은 우리의 수신水神이며 바다의 신이다. 그러나 용왕신화로 부르지는 않고 설화說話로 부른다. 설화라는 말에는 여러 민족 사이에 전승되어 온 이야기, 신화, 전설 등이 모두 포함되는 바다와 같은 포용성 때문일지도 모른다. 효녀 심청을 재생시킨 바다의 구원은 『해저 2만리』에서 네모함장이 아로낙스 교수에게 알려주는 선원들의 해저 묘지에 대한 다음 설명을 통해 상징적으로 시사되어 있기도 하다.

> "우리가 무덤을 파고 나면, 폴립(산호류: polyp)들이 우리들의 주검을 영원히 보존하기 위해 그 무덤을 밀봉할 것이요!" (...)
> "저기가 수면에서 수백 피트 아래에 있는 우리들의 평화스런 무덤이요!" 함장님, 어쨌든 당신들의 주검은 상어들의 공격에서 벗어나 저기서 고요히 잠들겠군요!"
> "바로 그래요, 상어와 인간들로부터 벗어나는 거죠!"

영원永遠의 종교적인 의미는 내세來世를 뜻할 수도 있다. 노틸러스 Nautilus호의 한 승무원을 수중묘지에 매장하면서 네모함장의 "주검을 영원히 보존"과 "상어와 인간들의 공격에서 벗어난다."는 말의 의미는 속세俗世를 벗어난 내세來世의 안락이다. 하지만 그 안락의 처소가 종교에서 말하는 하늘이 아니라 바다 밑이란 점에서 바다와 하늘의 상관관계를 암시한 것으로도 볼 수 있으며, 일차적으로는 바다 밑 세계의 영원성을 의미하고 그 영원성은 '바다에 의한 구원'이 된다.

이와 같이 바다에 의한 구원이 종교에서만이 아니라 문학작품에서도 구현된다는 점은 조셉 콘래드(Joseph Conrad, 1857~1924, 영국 작가)의 단편소설 『청춘』에서는 또 다른 양상으로 나타난다.

폴란드 태생의 이 작가는 프랑스 상선 선원으로 시작하여 후에 영국 상선의 선장에 이르기까지 반평생을 바다와 배에 바친 경력으로 인해, 실제 선상생활을 통한 경험이 가장 풍부한 해양소설가로 일컬어지는 대표적인 인물이다. 그의 여러 작품 중 대표작으로는 어느 침몰선의 일등항해사였던 짐Jim이라는 청년의 인물 묘사를 주로 한 『로드 짐Lord Jim』으로 알려져 있다. 하지만 이 소설은 일반 독자들에게는 다소 지루한 느낌을 준다는 점과 영어로 쓰인 대부분의 그의 작품과 마찬가지로 구독하기 힘든 점이 우리네 독자들에게 그를 알리는데 애로점으로 지적되기도 한다.

그러나 2등 항해사인 영국의 한 청년이 400톤급의 노후한 영국 범선에 석탄을 가득 싣고 런던에서 방콕으로 항해 중, 겪게 되는 격심한 풍랑과의 사투와 선적한 석탄에서 자연 발화되어 화염에 휩싸인 배에서 퇴선 하는 과정을 그린 『청춘』이 『로드 짐』보다 간결하고도 구체적으로 보인다.

　

　　"아! 그 그리운 지난 날— 그리운 지난 날. 청춘과 바다. 신비의 바다. 사람들에게 속삭이고, 성내어 부르짖고, 또 숨막히게 할 수도 있는 착하고 억센 바다, 짜고 잔인한 바다. (...) 신기한 모든 것에 맹세하여 하는 말이지만, 그것이 바다지. 그것이 바다 그 자체라고 나는 믿네. —또는 그것은 청춘에 지나지 않는 것일까? 누가 알겠어? 그렇지만 여기에 있는 너희들은—인생에서 돈이라든가, 사랑이라든가, 육지에서 얻은 무엇이든 얻은 너희들은—말할 수 있을 테지. 우리가 젊어서 바다에 나가 있었던 때, 젊고 가지고 있는 것이라곤 아무 것도 없이, 고된 시련과 때때로 자신의 힘을 느낄 수 있는 기회밖에 주지 않는 바다에 나가 있었던 그때—그때만이—너희들 모두가 못내 아쉬워하는 그 때가 인생에서 가장 좋았던 시절이 아니었을까?"

이 소설의 해설에서는 청춘의 힘(인간의 생명력)이 바다의 힘(자연의 위력)을 능가할 수 있다는 점을 청춘 예찬의 핵심인 것으로 보고 있다. ― 작가 자신도 이런 의도에서 제목을 청춘(The Youth)로 제명한 것이 틀림없어 보인다. ― 하지만 동료들과의 술자리에서 2등 항해사 말로우Marlow가 행한 위의 독백에서 보면, 바다에서 인간 승리의 희열은 혹독한 시련을 감내함으로써 자신의 청춘을 확인시켜 준 바다 그 자체에 있다고 본다. 만약 런던에서 방콕까지 보름 예정이던 항차가 황천항해가 아니라 순항했더라면, 배가 화재로 침몰하지도 않았을 것이고 인간승리의 희열도 청춘예찬도 하지 못했을 것이다. 바다에서의 고난을 통해 인간 자신의 의지를 확인시켜 주고 '삶에 대한 희열'을 느끼게 하는 것이 인간에 대한 바다의 또 다른 구원이기 때문이다.

3. 주술呪術의 의미

광활 무비한 바다에 대해 인간이 제일 먼저 느끼게 되는 감정은 잔잔한 바다에서는 동경과 미지의 세계를 향한 모험의 유혹을,

그리고 노한 바다를 만날 때 두려움에 사로잡힌다는 점은 동서고금이 다를 바 없을 것이다. 또한 잔잔한 바다가 생生과 동경의 대상이 되는 반면에 노한 바다는 멸滅과 공포의 대상이 된다. 따라서 대자연의 위력 앞에서 무기력할 수밖에 없는 연약한 인간들로서는 자연발생적으로 미지의 구원을 바라게 되는 것이 신神에 대한 주술의 형태로 나타나기 마련이다.

포세이돈＝바다의 등식이 성립된다는 조건 하에서 해신에 대한 주술은 곧 바다에 대한 주술이 될 수 있다. 『오디세이아』에서 텔레마코스가 아버지 율리시즈를 찾아 비밀리에 바다로 나가 항해하기 전에 무사와 소원성취를 기원한다.

> 순풍에 돛을 달고 뱃머리에 휘날리는 파도를 헤치며 배는 떠났다. 바다에 나갔을 때 그들은 배 안의 모든 선구船具들을 단단히 매어 놓고, 하늘에 계신 모든 신들에게 큰 잔에 포도주를 한 잔 가득 따라 바쳤는데, 다른 신들보다 특히 제우스의 딸인 아테네에게 제일 먼저 바쳤다.

실종된 아버지를 찾아 나선 모험의 항해에서 "출항하며 포도주를 가득 따른 술잔을 하늘에 계신 모든 신들에게 바치는 것"이나 특히 텔레마코스와 그의 선원들을 인도하기 위해 항해에 동참한 여신 아테네에게 술잔을 바치는 행위는 그들 모두의 무사항해와 귀환을 기원하는 '주술'이다. 그러나 해신 포세이돈에게 직접적으로 주술하지 않고 동승한 아테네에게 간접적으로 주술 하는 것은 주신主神 제우스의 딸인 동시에 님프Nymph인 아테네의 보호가 우선적이기 때문일 것이다. 물의 요정인 님프는 모든 물과 수원水源의 신이고 전설의 주제와 서사시에 등장하여 기적을 행하도록 청원을 받는 여신이다. 하지만 포세이돈의 심술, 즉 황천荒天항해로부터 그들의 보호신 아테네에게 보호를 요청하는 것은 그리스신화에서 포세이돈이 제우스의 동생이므로 간접적으로는 포세이돈에게 행하는 주술이며, 이러한 행위는 바로 '바다에게 구원과 안위安慰'를 주술 하는 행위가 된다. 이런 점은 필로스에 도착한 텔레마코스와 아테네 일행이 '필로스' 시민들이 포세이돈에게 제祭를 올리는 것을 목격하게 되는 다음 인용에서도 드러난다.

> 해변에는 포세이돈에게 바치는 제물로 몸집에 흠이 없는 검
> 은 황소들이 놓여 있었다.(...) "손님이시여, 우선 우리들의 왕인
> 포세이돈에게 예를 드리소서. 당신네들이 여기에 온 날이 포세
> 이돈의 잔칫날이기 때문입니다. 관례대로 헌주를 올리십시오.
> 그런 후에 당신의 젊은 친구가 자기 차례에 이 감미로운 포도주
> 를 신에게 바치도록 그에게도 잔을 돌리소서. 그도 역시 신들에
> 게 축원해야 합니다. 신들의 도움이 필요 없는 사람은 없을 테
> 니까요."

지방마다 차이는 있다지만, 주로 돼지머리가 제상祭床 가운데를 차
지하는 우리네 용왕제보다 포세이돈에게 바치는 제물祭物의 규모에
서 그 당시 지중해 연안 사람들의 포세이돈에 대한 숭배정신이 대단
했음을 짐작케 한다.

또한 바다가 그들에게는 가장 중요한 삶의 터전이기 때문에 필로
스에서는 포세이돈을 "우리들의 왕"으로 모시게 되고, 이는 곧 '포세
이돈=우리들의 왕=바다'의 등식等式을 가능케 해준다.

이와 같이 바다의 신에게 헌주나 공물을 바치며 주술 하는 행위는
동양에서도 다르지 않다는 점을 『한국민속대사전』에 기술된 용왕제
와 굿 등에서 알 수 있다.

> 용왕제는 가정의 행운, 장수복록, 기자다남祈子多男, 무병無病, 풍
> 작 등을 용왕께 기원하는 풍속. 정월 14일 밤에 주로 하며 지방
> 에 따라서는 5월이나 7월의 진일辰日에 하기도 한다. 제주祭主는
> 대부분이 주부이고, 제물은 술과 떡을 비롯하여 갖가지 음식을
> 장만한다. 제장祭場은 우물, 하천가, 해변 등이며, 제일祭日 3일 또
> 는 7일 전부터 목욕재계, 금줄, 황토로 정결하게 진행한다.

또한 용왕제는 개인적인 규모인데 비해, 용왕굿은 주민이 공동으로 참여하여 재앙을 없게 하고 마을의 안녕과 풍어를 비는 규모가 큰 굿이다. 따라서 이 굿은 지역에 따라 그 명칭이 각기 다르다. 동해안에서는 별신굿, 서해안에서는 배연신굿, 위도蝟島에서는 띄뱃놀이, 강화도에서는 시선뱃놀이, 해운대에서는 용왕맞이라고 한다. 용왕밥주기는 신수점을 보아 그 해의 운이 나쁘게 나왔을 때에 하는 액막이의 일종이고 하는 방법은 바가지에 불을 켜 놓고 밥과 액막이 할 사람의 성명을 쓴 종이를 담아 바다에 띄워 보낸다. 바다에 접하지 않은 지역에서는 시냇물 가에 가서 용왕 밥을 주기도 한다. 이 밖에 정월 보름날 장만한 음식을 선창가에 진설陳設하고, 백지에 밥 세 덩이를 싸서

"용왕님네 많이 받아 잡수십시오."

하고는 바다에 던지기도 한다. 이는 어업이 잘 되기를 비는 것이다.

주술과 바다에서의 금기는 영조英祖 때 사람 장한철이 쓴『표해록 漂海錄』에서도 다음과 같이 기술되어 있다.

마침 고 득성이가 내 옆에 있다가 몰래 나에게 말하기를,
"배에서는 본래 손을 들어 섬을 가리켜서는 안 되는 것입지요. 그리고 해상에선 갈 길이 머냐, 가까우냐고 묻지 않는 게 났습죠. 보통 그것을 꺼리니까요, 헤 헤"
하며, 배에서의 풍습을 가르쳐준다. 이윽고 취사부가 밥을 지어 북을 치며 수신水神에게 치성 드리고 나서, 배에 탄 사람도 나누어 먹게 한다.

『표해록』은 영조 46년 제주도 애월면의 선비 장한철이 28명의 일행과 배를 타고 한양으로 과거 길에 올랐다가, 갑자기 몰아닥친 태풍으로 선체와 함께 선원 등 일행 21명을 잃고 8명만 살아남는 과정을 항해일기 형식으로 쓴 것이다. 상세하고도 사실적인 문체와 모험

과 로맨스가 곁들어진 내용으로 서양의 『오디세이아』에 견줄만한 우리 해양문학의 백미白眉로 일컬어지기도 한다. 위의 인용에서 "손을 들어 섬을 가리켜서 안 되는 것"은 육지가 더욱 멀어진다는 이유로 금기禁忌사항이기 때문이다.

또한 장한철이 선원들의 치성 내용을 기술하지는 않았으나 치성이 일과성이 아니라 식사 때마다 이루어지는 영속성이라는 점과, 그 내용도 무사 항해와 자신들의 안위를 위한 치성이었을 것으로 추정하기에 어렵지 않다. 여기서의 수신水神은 용왕龍王을 장한철이 수신으로 표현한 것으로 생각되는 것은 장한철이 유생이므로 이조시대의 숭유배불崇儒拜佛사상 때문일 것이다.

『심청전』을 개화기 신소설 작가인 이해조李海朝가 개작改作했다는 『강상련江上蓮』에서도 우리의 토속적인 주술을 볼 수 있다.

> "(...) 우리 동무 스물 네 명 장사로 일을 삼아, 십오 세에 배를 타고 해마다 서남지방 떠돌아 다니더니, 오늘날 임당수에 제수를 올리오니, 동해신 아명이며 남해신 축융이며 서해신 거승이며 북해신 옹강이며, 강물의 신과 개울의 신은 제물을 받으시어 굽어살피신 뒤에, 바람 신으로 바람 주고 바다 신으로 인도하여 백 천만금 이문 내어 소원 성취하여 주옵소서, 고시래 둥둥둥…"

『강상련』이란 제명은 심청이 수정궁에서 3년을 지내다가 옥황상제의 명을 받은 용왕에 의해 투신했던 '인당수에 큰 꽃으로 떠오른'데 따른 것으로 추정된다. 또한 "고시래(고수레)"는 무당이 산과 들에서 굿할 때 제수 음식을 조금 떼어 귀신에게 먼저 바치며 외는 주문呪文이다. 위의 인용을 통해 뱃사람들이 심청을 인당수에 제물로 바치며 사해신四海神에게 고수레하는 점에서 우리네 용왕은 서양의 포세이돈 네 명 몫을 분담하는 셈이다. 그러한 분담은 주술 하는 인간의 입장에서 볼 때, 더욱 미더운 느낌이 들게도 한다.

『표해록』에서 장한철은 주술의 또 다른 양태도 기술하고 있다.

> 사공이 갑자기 손을 휘저으며 보더니 뱃사람들로 하여금 떠들지 못하게 하고는, "저게 바로 고래구나, 고래. 큰놈은 배를 삼키고, 작다 해도 능히 배를 뒤엎을텐데… 저놈하고 부딪히는 날이면 볼 장 다 보겠네, 다 봐. 아이구, 이를 어쩌노"하며 안절부절못하여 말도 제대로 맺지 못하는데, 그 큰고래는 아랑곳없다는 듯이 몸을 뒤척이니 물결이 치솟으며 내뿜는 물은 비처럼 쏟아져 내린다. (…) 뱃사람들은 모두들 흙빛이 되어 뱃바닥에 꿇어 엎드리고서는 관음보살만 부지런히 외우기를 그치지 않는다. 이윽고 고래는 멀리 사라져 버린다.
> 물결은 다시 잠들 듯 고요해지고 배도 더 흔들리지 않고 잠잠하다. 나는 뱃사람들을 돌아보고,
> "숨소리를 죽여서 그 고래가 배 있는 줄을 모르게 하는 것이 옳지, 관음보살이란 염불 소리는 무엇 때문에 내는고. 고래가 도를 닦는 중도 아닌데, 어찌 관음보살을 존중할 줄 알까보냐. 설사 관음보살의 혼령이 남아 있다손 치더라도 어찌 능히 그 고래를 막아내고 이 배를 옹호할 수 있겠느냐. 너희는 도대체 관음보살에게 무얼 축원했다는 거냐"
> 하고 꾸짖었다. 뱃사람들은 다만 내 말이 옳지 않다 하고는 몰래 서로 말하기를,
> "배에서의 일은 뱃사람에게 당부할 일이지, 어찌 저 사람은 저렇게 아는 것이 많을꼬"
> 하는 것 같다.

뱃사람이 아니라 선비인 장한철은 뱃사람들의 주술을 심각히 받아들이지 않고 해학諧謔적으로 기술하는 여유도 보인다.

거친 바다를 항해하는 뱃사람들에게는 그 대상이 무엇이든지 간에 자신들의 안위를 위해 초인적인 능력을 기원하는 주술을 행한다는 것이 동서고금이 다를 바 없는 현실인 것이다.

바슐라르(Gaston Bachelard, 1884~1962, 프랑스 물리학, 철학, 문학자)는 모든 물에 대한 그의 에세이試論『물과 꿈: L'Eau et les Rêves』에서「그리스와 세르비아의 민요」를 인용하고 있다.

> 차례로 돌아가며 파도를 채찍으로 때려 줘라.
> 오 바다야, 거친 파도 일으키는 나쁜 바다야,
> 우리 남편들은 어딨느냐? 애인들은 어딨느냐?

수부水夫였던 남편과 애인을 잃어버린 세르비아 아낙네들의 바다를 향한 원한에 찬 이 민요를 통해 원한의 근원이 바다의 심술, 즉 폭풍에 있음을 시사하고 있다. 그러나 세르비아 아낙네들의 바닷가에 모여 부르는 이 노래는 일차적으로는 바다에 대한 원한이겠지만, 이차적으로는 영속적인 바다의 평온을 통해 바다에 나간 이들의 무사귀환을 기원하는 염원이 담겨져 있는 것이다. 이와 같은 세르비아 민요와 유사한 해가海歌를『삼국유사』상권 중, 수로水路부인 편에서도 볼 수 있다.

> 성덕 왕 때다.
> 늦은 봄날, 동해를 끼고 굽이쳐 나간 길, 그 길을 순정공純貞公은 그의 부인 수로水路와 그리고 종자를 거느리고 가고 있었다. (...) 그 뒤 임지를 향해 이틀 길을 더 가서 역시 바다를 면해 있는 어느 정자에 다다라 점심을 먹고 있었다. 그때 홀연히 용이 나타나 수로부인을 납치해 바다 속으로 들어가 버렸다. 순정공은 허둥지둥 발을 구르며 야단을 쳤으나 아무런 계책이 나서지

않았다. 또 한 노인이 지나가다가 말했다.

"옛사람의 말에 뭇 사람의 입김은 쇠도 녹인다고 했는데, 이
제 바다 속의 한 축생이 어찌 뭇 사람의 입김을 두려워하지 않
을까 보오. 경내境內의 백성들을 모아들여 노래를 지어 부르며
막대기로 바닷물을 치노라면 부인을 찾을 수 있으리다."

순정공은 노인이 일러주는 데로 했다.

> 거북아 거북아 수로를 내놓아라.
> 남의 부녀 빼앗아간 죄 그 얼마나 클까.
> 네 만일 거역하고 내놓지 않으면
> 그물로 사로잡아 구워먹고 말 테다.

뭇 사람들이 모여 이 해가를 부르며 막대기로 물가를 쳐댔더
니 그제야 용은 부인을 받들고 바다에서 나왔다. 순정공은 부인
에게 바다 속의 일들을 물어 보았다. 부인은, 일곱 가지 보배로
지은 궁전이 있고, 그 음식은 달고 부드러우며 향기롭고 깨끗하
여 인간의 요리와는 전혀 다르더라고 답했다. 그리고 부인의 옷
에는 일찍이 인간 세상에서 맡아 볼 수 없었던 이상한 향내가
스며 있었다. 수로부인은 자태며 용모가 절세의 미녀라서 매양
깊은 산골이나 큰못을 지나다 이처럼 여러 번 신물神物들에게 납
치되곤 했다.

이 수로부인 설화의 해설에서 비록 "그리스 신화에서처럼 미인을
매개로 한 활발한 드라마의 전개는 없지만 신라인에게도 신체미의
존중 내지는 영육靈肉일치 사상이 있었다."고 하나, 인본주의를 떠나
바다의 입장에서 볼 때, 이 설화의 주제는 '바다에 대한 긍정적인 인
식 고취'에 있다고 본다. 즉 수로부인을 납치한 것은 용이라고 했지
만 경내 사람들의 노래에서는 거북이를 지칭했고, 홀연히 나타난 노
인의 우리 전설에서 산신령 같은 역할로 보아 그 정체가 용왕의 현

시顯示임을 짐작케도 한다. 또한, 바다에서 나온 부인의 몸에서 난 향기는 바다의 신성神性을 상징하며 "구워 먹겠다"는 구절은 용왕에 대한 협박이 아니라 구출을 위한 일종의 주술이 된다.

이러한 관점에 동의한다면, 수로부인의 구출은 용왕의 배려이고 바다의 아량이 되는 것이다. 따라서 막대기로 파도를 때리는 세르비아의 민요는 '폭력의 주술'이고, 막대기로 바다를 치고 구워 먹겠다는 수로부인편의 해가는 '폭력과 폭언이 복합된 주술'의 일종으로 볼 수도 있다.

언제나 위험이 상존하는 바다에서 긴 항해를 한다는 사실은 그 자체가 바로 위험이 수반되는 모험이고, 그 위험은 재산과 생존의 파멸을 의미하는 것이므로 출항을 목전에 둔 선원들과 그 가족들은 어떤 형태로든 제각기 그 나름대로 무사항해를 위해 고요한 바다를 기원하는 의식을 행하기 마련이다. 이처럼 바다에 대한 종교적인 기원이나 무속巫俗적인 주술이 고대로부터 현대에 이르기까지 이어져 왔다는 사실은 문학을 통해서도 드러나고 있다. 그러한 주술이 바다와 인간이 있는 한 바다에서나 그 연안에서 계속 행해질 것으로 추정할 수 있는 것은 고대에서 현재까지도 바다를 신성시하는 풍습들인 배에는 여자를 태우지 않고, 휘파람을 불지 않으며, 바다에 나가는 어부나 선원에게 잘 다녀오라는 인사를 하지 않는다는 등에서 유추할 수 있기 때문이다. 이러한 금기풍습이 뜻하는 바는 신성하면서도 위험한 바다에 나가는 이에게 경망스러운 말이나 행동을 해서는 안 된다는 의미를 지니고 있는 것이다.

다음 콩트는 바다에 대한 경외심을 잠시나마 망각한 나 자신의 일화이다.

19xx년 정월 모일.

홍 선생이 전화를 했다. 자기 친구가 낚시점 개업기념 시조회를 동해안 모 포구에서 열기로 했다는 것이다. 그 낚시점 사장은 여러 차례 함께 외줄낚시를 다닌 적 있는 호방한 성격의 소유자였다. 다른 계절과 달리 겨울철 외줄낚시는 소위 '꾼'들에겐 여느 낚시보다 또 다른 매력이 있다. 낚싯배의 선두船頭를 잘만나서 바다 속 포인트만 잘 잡으면, 무려 10개나 매단 낚시에 볼락이나 열기란 고기가 줄줄이 달려오기 때문이다. 이때의 외줄낚시는 낚는다는 개념이 아니라 건져 올린다는 표현이 더 적합하다. 게다가 볼락어란 고기는 그 감칠맛 때문에 외줄낚시꾼들에겐 가위 환상적인 존재인데, 이 놈들의 서식처가 그물질할 수 없는 바다 속의 여(물 속에 숨어 있는 바위)인 탓에 외줄낚시 아니고는 잡을 방도가 없다. 그러니 겨울 외줄낚시는 손맛보다 입맛으로 하는 낚시이기도 하다. 손맛으로 치자면 단연 갯바위 낚시가 정도正道지만 갯바위 낚시는 외줄낚시에 비해 잔챙이에다 장소에 따라 위험부담도 도사리고 있다. 온통 울퉁불퉁한 갯바위에서 실족으로 부상을 입거나, 심한 경우 생명까지 잃는 일도 가끔씩 매스컴을 타기도 한다. 그러나 외줄낚시는 일기가 나쁘면 포구의 초소에서 아예 출항시키지도 않을 뿐더러, 설사 낚시 중 갑작스레 바람이 터지더라도 곧장 회항할 수 있는 기동력 때문에 상대적으로 안전해서인지 여태껏 외줄낚시 하다가 사고 났다는 말은 들어 보지 못했다. 어쨌든 낚시 제안은 왔고, 평소 함께 다니던 윤 선생에게도 연락, 셋이서 방한외투로 중무장한 겨울 낚시꾼들로 거의 자리가 찬 대절버스에 올랐다. 두어 시간 만에 당도한 포구에서는 이제 막 떠오른 동해 햇살이 차디찬 겨울공기를 가르고 있었다.

"개업 축하합니다."

인사 받으며 악수를 나누는 낚시점 사장의 표정이 밝지 못했다.

"큰일인데… 폭풍주의보가 내려서 출항을 못한답니다."

시조회 참가 인원 40여명이 나누어 탈 배 10여 척을 예약해두었으나, 조금 전에 갑자기 내린 폭풍주의보로 갯바위나 방파제 낚시로 계획변경이 불가피하다는 설명이었다. 우리 일행 셋은 물론이고 참가자 모두들 허탈해 했다. 낚시꾼은 갈 때와 올

때, 극단적으로 다른 두 가지 경우를 경험으로 체득하고 있다. 새벽에 전날 미리 챙겨둔 낚시 장비를 메고 집을 나설 때는 마치 개선장군이나 되듯이 당당하게 아내에게 다녀오겠다며 호기를 부리지만, 대개의 경우 돌아 올 땐 소나기 맞은 수탉 꼴을 짓기 일쑤인 경우가 더 많다.

"10전 2승이면 됐지…"

열 번 나가서 두 번만 잘 잡으면 된다는 낚시꾼 나름대로 편리한 자위책도 가지고 있다. 이것이 그들의 희망사항인 동시에 아량이기도 하다. 그러나 오늘은 기대와 희망이 아예 처음부터 무너져 버린 것이다. 폭풍주의보란 천재지변 앞에서 모두들 어쩔 수 없이 차선책을 찾아 방파제와 갯바위 등지로 삼삼오오 뿔뿔이 흩어졌다. 선창가에서 쿨러에 걸터앉아 담배 한 대 꼬나물고 어떻게 할까 생각 중일 때, 홍 선생이 만면에 희색을 띠고 다가왔다.

"됐다! 어촌계장과 잠깐 나갔다 오기로 했다."

폭풍주의보가 마음에 걸리기는 했으나 일기예보가 맞지 않을 때도 더러 있었고, 설사 바람이 터진다 해도 이내 돌아오면 된다는 생각이 앞섰다. 게다가 실제로 외줄낚시 중에 갑작스레 바람이 터져 부두로 돌아 온 경험도 수차례나 했었다. 황급히 쿨러를 다시 둘러메고 따라 갔더니 어촌계장이란 사람이 건장한 청년 한 명을 대동하고 조그만 전마선 한 척에 시동을 걸어 놓고 있었다. 아마도 홍 선생이 특유의 정치력을 발휘한 모양이지만 배의 몰골이 꾀죄죄하기에 그지없었다. 하지만 이런 상황에서 나가 준다는 것만 해도 그저 고마운 마음에 배가 작다고 불평할 처지가 못 되었다. 게다가 동해안의 낚싯배가 부산 남항의 배들보다 장비나 규모가 열악하다는 점은 이미 알고 있었다. 어촌계장이 출입항통제 초소에 가서

"요 앞에 잠깐 나갔다 오겠소."

라고 간단히 말했고, 우리 일행 셋은 '폭풍 전야' 란 말도 잊은 채 마치 호수처럼 고요한 바다로 나가며 낚시채비에만 여념이 없었다. 포구의 방파제를 벗어난 지 반시간 정도 지났을 때, 새벽에 미리 나온 것으로 보이는 두 척의 배가 낚시를 드리우고 있는 부근에 선두가 배를 정지시키고

"넣으소."

낚시 시작을 알렸다. 낚시 '릴'에 감긴 줄은 25m 간격으로 색깔이 다르다. 릴에서 풀려나간 줄의 색깔로 봐서 대략 50m 쯤 되는 수심에 낚시를 내렸다. 이 때가 가장 기대와 희망에 부풀 때이다. 고기 입질만 기다리고 있는데 갑자기 바람이 일었다. 그토록 잔잔하던 바다가 믿을 수 없는 상황을 연출하기 시작했다. 워낙 작은 배라 뱃전 한 뼘 정도 아래에서 찰랑이던 물결이 물보라를 일으키며 뱃전을 넘어 오고 있었다. 순식간에 불어오는 돌풍이었다. 우리가 탄 배보다 더 큰 두 척의 배들은 선수를 포구로 향한 채 떠나고 있었다. 선두가

"돌아가야 되겠는데요!"

딱 한차례 드리운 낚시질에서 입질 한번 못보고 다시 올린다는 것이 못내 아쉽긴 했지만, 상황이 상황이라 어쩔 수 없었다.

"그래 갑시다!"

홍 선생의 동의와 함께 서둘러 릴을 감아올리는 도중에 물보라가 방한복 모자에까지 들이치기 시작했다. 물보라를 정면으로 맞지 않으려고 뱃머리를 등지고 돌아앉아 있는데 연신

"쏴아, 쏴아"

물보라가 등과 뒤통수까지 때렸고, 배의 엔진도 숨가쁜 소리를 내기 시작했다. 그제야 자세히 살펴보니 어이없게도 선박용이 아닌 경운기 엔진이었다. 입을 굳게 다물고 키를 잡고 있는 선두 옆에서 덩치 큰 조수는 조그만 음료수 깡통으로 쉴 새 없이 물을 퍼내고 있었다. 이물 쪽에 앉은 우리는 등을 돌려 있는데 고물 쪽의 홍 선생은 물보라를 정면으로 그냥 맞아 안경이 소금기에 부옇게 되어 버렸다. 바람소리와 엔진소리 때문에 손짓으로 돌아앉으라고 손 신호를 보냈지만, 보이지 않는지 망연 자실한 표정으로 그냥 앉아 있기만 했다. 엔진이 끙끙대며 용을 쓰는데도 도무지 배가 앞으로 나가지 않는다. 빤히 보이는 육지의 해안초소와 눈가늠해보니 배가 앞으로 나가는 것이 아니라 뒤로 밀리지 않으려는 형국이다.

바다는 온통 바람에 날려서 마치 폭풍 몰아치는 남극대륙 같이 40 평생에 처음 보는 백해白海가 됐다. 바람은 더욱 더 기승을 부리고 배는 조금도 앞으로 나가지 못했다. 선두는 뱃머리를 바람 불어오는 방향으로 유지하느라 이젠 두 손으로 키를 잡고

있었다. 낚시용 쿨러는 낚시꾼에게 필수장비이다. 계절에 관계없이 잡은 고기와 미끼의 선도 유지용으로 얼음을 넣어두어야 하고 의자 대용으로도 사용되지만, 비상시에는 2시간 정도 물에 뜨는 다. 손가락이 반쯤은 굳기도 했지만 온통 젖어버린 장갑 낀 손으로 담배를 쥘 수 없었기 때문이었다. 하지만 그 담배도 몇 모금 피우기도 전에 이내 물보라를 맞아 필터만 입술에 남긴 채 떨어져버렸다. 게다가 담배를 물려주는 행위가 마치 이별을 고하는 듯한 느낌이 순간적으로 든 것은, 하필이면 이런 극한 상황에서 군 생활 때 즐겨 부르던 "화랑 담배 연기 속에 사라진 전우야…" 라는 군가 한 구절이 떠올랐기 때문이다.

엔진이 멈추거나 기름이 떨어진다면 이젠 끝장이라는 불안감에 사로 잡혔지만, 전신에 물을 뒤집어쓰고도 늠름한 태도를 견지하고 있는 선두와 조수를 바라보며 불안한 마음을 달래고 있었다. 초조한 시간이 흘렀다. 아무튼 배는 도무지 앞으로 나가지 못했고 이젠 발가락뿐만 아니라 온몸이 굳어오기 시작할 때였다.

"하나님이 정말로 계신다면, 우리 배를 조금이라도 끌어 주십시오!"

염원하고는 이내

"하나님 죄송합니다!"

얼른 사죄했다. 그도 그럴 것이 아무리 자신도 모르게 하나님을 찾았다 해도 기독교 신자도 아닌데, 한 때나마 실존주의에 심취해서 신의 존재를 부정했는데, 이런 극한 상황에서야 도움을 청한다는 것은 염치없는 짓 이었기 때문이다. 그러니 기독교 신자에겐 기도란 용어가 적합하겠지만 이런 경우에는 주술을 했다는 표현이 더 어울린다고 생각한다. 평상시에는 낚시꾼들의 주술은 주로 점심 도시락 먹기 직전에 이루어진다. 낚시꾼 중에 어떤 이는 오전에 잡은 고기 몇 마리를 회쳐놓고 소주 한 잔 따른 후에

"용왕님요, 아무쪼록 그 밑에서 죄지은 놈들 많이 만 보내주십시오, 고시래…"

고시래와 동시에 소주를 바다에 뿌리는 이상한 주술을 하기도 한다. 물고기들 사회에서는 무엇이 죄가 되는지 알 수 없어도, 낚시에 걸린 물고기의 죄는 입을 잘못 놀린 죄 밖에 없다. 이 죄는 차라리 쓸데없는 소리 잘하는 인간들이 명심해야 할 사

항이다. 그런데도 용왕님께 고기 많이 보내달라고 억지를 쓰는 것이다.

아무튼 모르는 사이에 배가 조금씩 전진하고 있다는 것을 눈 가늠으로 인식하게 된 것은 얼마 후의 일이다. 한참 뒤, 드디어 사람들로 웅성대는 포구의 방파제가 모습을 드러냈고, 우리가 탄 배는 포구 안으로 너울에 밀려들어갔다. 선창가에 배를 댈 무렵 얼굴이 온통 토마토처럼 빨개진 낚시점 사장이 헐레벌떡 달려와

"너희들 다 죽은 줄 알았다!"

고래고함을 질러댔다. 아무리 자기 친구도 있다지만, 지옥 문 앞에까지 갔다 온 사람에게 반말로 고함치는데 은근히 부아도 치밀어 핀잔을 주었다.

"해도 안 떨어졌는데 웬 술을 그렇게 마셨소!"

방파제에서 아무리 살펴봐도 바다에 나간 배가 보이지도 않으니 조난당한 줄로만 알고 울면서 술만 마셨고, 구조하러 나가려 해도 이 바람에 나갈 배가 없었다고 옆에 있던 이가 귀띔해 주었다. 미안하다는 사과도 듣는 둥 마는 둥 모두들 서둘러 모닥불을 피워 놓고, 갑자기 불을 쬐면 되레 동상 걸리기 쉬우니 서서히 쬐라고 일러주고는 소주부터 한 잔씩 마시게 했다. 이어서 따뜻한 낚시점 안방에 술자리가 마련되었다. 못 잡은 고기 대신에 술만 잡기 시작했다. 생환의 기쁨이었다. 간 기능에 이상이 있다며 몇 달째 술을 끊었던 홍 선생이 이래 죽으나 저래 죽으나 죽는 것은 마찬가지겠더라 며 제일 많이 마셨고, 배에서 물보라를 정면으로 맞은 건 배가 조금이라도 앞으로 나가는지를 보기 위해서였다고 했다. 반평생을 바닷가에서 살았지만 오늘 같은 백파는 처음 본다는 선두에게 담배는 왜 한 개비씩 물려주었는지 물어보았다.

"용기 잃지 말라고요."

역시 뱃사람의 기질이었다.

귀가 후, 밤 뉴스에서는 오늘 오전의 돌풍으로 전 해상에서 일어난 제법 큰 어선들의 조난사고 보도가 연신 흘러나오고 있었다.

-어느 낚시꾼의 하루-

제 4 장

해양문학 산책

모든 문학작품은 장르에 따라 형식과 내용면에서 공통되는 요소와 상이성이 공존한다. 그러나 해양문학의 경우 여타 문학과는 대별되는 독특한 상이점이 작품구성의 중요한 요인이 된다. 바로 바다가 지닌 생生과 멸滅 이란 극단적으로 대립되는 특성 때문이다. ─ 흔히들 바다는 생生과 사死, 양면성을 지녔다고 말한다. 그러나 바다에서 일어나는 죽음이란 극한상황은 바다가 아니고 인간자신이 초래한 것이 대부분이다. '타이타닉' 호의 침몰도 '쓰나미' 현상도 이 주장에서 벗어나기 힘들다. 몇 년 전 인도네시아의 섬들을 휩쓴 쓰나미의 경우는 바다로서도 어쩔 수 없었다. 오히려 바닷물의 수압이 해저海底 지진의 에너지를 완충시키는 역할을 했다. 당시 보도대로 어느 지진학자의 "만약 그 지진이 육지에서 발생했더라면 상상도 못할 피해를 입을 뻔했다."는 말이 앞의 주장을 뒷받침 해준다. 그럼에도 불구하고 사람들은 바다만 원망하거나 두려워했다. 미국 사람들이 가장 선호하는 주거지는 전망View이 좋은 언덕Hill이라 한다. 배산임수背山臨水와 일맥상통이다. 바다가 좋아 바다 가까이 가더라도 주거지만큼은 언덕에 잡았더라면 쓰나미 피해는 줄일 수 있었을 것이다. 지구

온난화로 금세기에 해수면이 최고 58㎝까지 상승한다고 지구촌이 떠들썩하니 앞으로 용왕님과 포세이돈의 심중心中도 어수선할 것 같다. 해양문학의 목표는 바다에 대한 긍정적인 인식 심기에 있다고 말해왔다. 이를 위해 진 시황을 위시한 모든 인간들이 가장 꺼리는 사死는 적합지 않아 사라짐이 내포된 멸滅을 사용키로 했다. 전자는 완료형이지만 후자는 미래진행형이라 재생再生에 대한 막연한 기대감과 함께 낭만적 이미지도 던져주기 때문이다. "노병老兵은 결코 죽지 않는다. 단지 사라질 따름이다." 라는 맥아더 장군의 고별사 중 핵심을 해양문학의 입장에서 원용援用해보자. "노선원老船員은 결코 바다에서 죽지 않는다. 단지 사라질 따름이다!" – 따라서 해양문학만의 특수성은 어느 장르를 막론하고 바다가 주제 또는 구성요소로 부각되어야만 할 당위성을 지닌다. 여기서 인류에 대한 바다의 존재의미와 인간과의 상관관계 등이 구체적으로, 때로는 상징적으로 표출되는 바다의 다양한 양태가 해양문학속에서 어떻게 용해되어 있는지 살펴 볼 필요가 있다. 접근 방법은 아직도 해양문인이나 문학 자체에 대한 인식도가 아직도 얕다는 점을 감안하여 작가와 작품의 소개에 주안점을 두었다.

1. 삶의 기원

해양문학의 궁극적인 목표를 "인류에 대한 바다의 존재의미를 문학으로 알아보려는 태도" 로 규정짓는다면 단연코 '삶'이 될 것이다. 바다와 인간의 삶이 해양문학을 이루는 중요한 요소가 되고 가장 많

은 작품의 소재로 등장하는 것은 당연한 이치란 점을 뽈 포르(Paul
Fort:1872-1960 프랑스 극작가, 시인)가 보여준다.

>조가비처럼
>반짝이는 바다에서
>낚시질 하고파.
>
>바다는 푸르고,
>회색이며,
>쪽빛에다,
>은銀과 레이스*) 같네.
>
>「바다」

　시는 언어의 함축이라지만 이 짧은 손바닥 시, 장편掌篇 속에 삶과
바다의 역사와 양태가 모두 함축되어 있음을 볼 수 있다. 삶은 인간
이 엮어내는 행위요, 이야기이다. 그 태초의 삶이 바닷가에서 이루
어졌다. 수많은 바다생물 중에 제일 먼저 원시인들의 양식이 되던
생물이 패류貝類이므로 '조가비'에서 조개 잡는 행위를 연상하게 된
다. ─ 지금으로부터 약 만 오천에서 2만 년 전의 인류를 원시인으로
부른다고 한다. 인류도 원래는 원숭이처럼 4발로 다니다가 맹수가
덮치면 급히 물속으로 달아났다. 호흡기 코와 입만 수면 위에 나오
도록 서서 견디기를 한것이 직립하게 된 동기라고 어느 인류학가가
피력했다. 이 과정에서 그 당시는 바닷속에 지천으로 깔렸을 조개류
가 원시인들에게 감지되고 심각한 단백질 결핍증으로 생식기능을
거의 상실한 원시인들에게는 중요한 단백질의 공급원이 되었을 것

---

*) lace; 속옷 가장자리의 물결모양 장식

이다. 지금도 한반도는 물론 세계도처에 남아 있는 패총이 이를 입증해 준다. ― 그 다음 단계로 낚시질하고픈 욕망은 조개 잡는 행위보다 더 진전된 신석기 시대에 이루어 진 천렵 행위이다. 시인은 이 원초적인 두 행위에서 인류 삶의 꼭짓점에 조개의 존재를 부각시켰다. 2연에서 푸른 바다는 바다의 일반적인 이미지에서 광활함과 무궁무진한 자원의 보고를 연상케 하고, 회색 바다는 빛이 없는 날 색조 변화에 따른 바다가 지닌 가변성의 상징이 된다. 쪽빛바다는 청정함과 동시에 깊이를 나타내고 있다. 시인이 조가비로 비유한 바다를 끝 행에 와서는 은으로 표현했다. 은銀 은 햇빛에 반짝이는 바다의 색조이고 레이스는 외형적으로는 약동하는 바다 물결의 상징이다. 그러나 내면적으로 물결이 그리는 '오르막과 내리막' 은 고진감래苦盡甘來 하고 흥진비래興盡悲來 하는 인생의 의미도 된다. ― 부처님이 인생에 고난이 없기를 바란다면 인간으로 태어나지를 말라고 했다. 바다가 늘 고요하지 않고 거칠 때도 있듯이, 살다보면 고난이 닥칠 때도 있다는 뜻이다. 이 사실을 인정하며 피하거나 좌절하지 않고 더욱 더 열정적으로 살아가야 한다는 훈시에 속한다. 바로 인간이 자신에게 닥친 모든 일을 자신이 해결해 나가는 태도, 바로 인간 실존實存 의 핵심이 된다. 뱃사람들은 이런 사실을 학문으로 가 아니라 체득體得을 통해 알고 있기에 대체로 일반인보다 더 강인하다. 항상 약동하는 바다 물결 덕분이다. 이처럼 아무런 미사여구도 없이 겨우 7행에 평범한 용어를 시어로 짧게 구사한데도 불구하고 시인이 이 시의 제목을 광활 무비한 '바다'로 제명한 것은 해양인문학에서 주목하는 바다의 문,사,철(文,史,哲)이 모두 함축되어 있기 때문으로 볼 수도 있다. ―

윤동주는 바다가 없는 북녘 땅 북간도에서 인류와 조개의 조우를 정겨운 이미지로 던져 준다.

> 아롱아롱 조개껍데기
> 울 언니 바닷가에서
> 주워온 조개껍데기
>
> 여긴여긴 북쪽 나라요
> 조개는 귀여운 선물
> 장난감 조개껍데기
>
> 데굴데굴 굴리며 놀다
> 짝 잃은 조개껍데기
> 한 짝을 그리워하네
>
> 아롱아롱 조개껍데기
> 나처럼 그리워하네
> 물 소리 바닷물 소리.

「조개껍질」

1945년 2월, '바다를 굽어보아 한 점 부끄럼 없는 별'이 되었을 윤동주가 조개가 인류의 삶에 기원이란 점을 인식했느냐에 대한 증좌는 없다. 창조론에 의하지 않는다면, 지구상의 모든 생명체는 바다로부터 였다. 바다는 인류의 모태요 고향이었다.

조개껍데기에 담긴 태초를 향한 잠재 된 향수鄕愁가 은밀히 전해온다.

2. 삶의 현장

a. 연안에서

한국해양문학선집 중 넌 픽션 편에서 이순이(1961년 전남 함평 출생, 1978년 신광중학교 졸업) 의「떠도는 배들」에서는 삶을 위한 바다가 인상 깊게 부각되어 있다. 이 수기는 여류작가 특유라 할 섬세한 묘사로 전남에서 충남 마량포까지 8일간의 새우잡이 전 과정을 생생히 그렸다.

> 우리는 지금 어처구니없는 모험을 시작한 것이다. 우리와 같이 동행하는 광열씨네 배는 우리 배보다 훨씬 튼튼한 6톤짜리로 장정 셋을 태운 원양어선의 면모를 그런 대로 갖춘 배였다. 그에 비하면 우리 배는 5톤에, 낡고 선원도 남편과 나 단 둘이었다. 더욱 기막힌 것은 남편이나 나나 배를 탄지 한 달도 채 못됐다는 것이다. 광열씨가 충청도에 갔다 와서 남편에게 충청도 보리새우 황금어장에 대해 얼마나 허풍을 떨었는지 남편은 나 하나 달랑 데리고 광열씨를 따라 나선 것이다. 배를 운영하던 삼촌이 직장을 얻어 떠나간 뒤 남편과 내가 인근 바다에서 서너 번 고대구리 어장질에 나서 보았지만 별 소득이 없자 경제적인 압박과 무료함에 지쳐 있던 남편에게 광열씨의 제의는 희망적인 것이었다. (...) 남편을 따라 다시 노인 집으로 가 아들에게 오징어를 보여 주니 아들은 오징어가 잘다며 트집을 놓았다. 가격을 훌치기 위한 수작이었다. 남편도 만만찮게 대답했다. 한참동안 가격을 놓고 흥정을 하더니 한 마리 당 6백 50원에 팔면 팔고 말면 말라고 으름장을 놓는 바람에 하는 수 없이 그 가격에 팔기로 했다. 요즘 오징어 가격은 1천 5백 원이었다. 반 가격도 쳐주지 않았다. 그것도 사지 않을 것을 사정 보아 적선한다는 양 사는 것이었다. 우리에게 자존심 따위는 없어져 버렸

다. 오징어 60마리에 돈 4만원을 받았다. 그래도 돈이 생기니
마음이 든든하여지고 생기도 났다.

　이 수기에서 만큼 삶의 현실이 생생하게 묘사된 경우도 찾아보기
힘들다. 우리의 연안 풍습에서 어선에 여자를 태우는 것은 금기사항
이었다. 그 금기사항이 깨진 것은 무엇보다 생계유지가 최우선이었
기 때문일 테지만, 이제는 부부 둘이서 어로 작업하는 소형어선은
우리 연안에서 흔히 볼 수 있는 정경이 되었다.
　이 수기는 고기떼를 따라 이리저리 떠도는 어부들의 애환과 실상
에서 삶에 대한 애착을 재확인할 수 있게 해 준다.
　이와 같이 대부분의 경우 한 작품 속에서 삶의 바다로 묘사된 부
분들에 문학성이 결여된 것으로 보이는 것은 사실의 서사로 인해 1
차원의 세계를 벗어나기 힘들기 때문일 것이다.
　- 해양문학상 응모대상에서 수기는 문학성이 결여된다는 이유로
배제되어 있었다. 그러나 지금은 3대 해양문학상 모두 장르별 구별
없이 공모하므로 모든 해양인들에게는 문호가 활짝 열려있는 셈이
다. 넌 픽션인 수기는 직접체험이 아니면 쓸 수 없기 때문이다. 또한
위의 수기는 학벌에 관계없이 접근할 수 있다는 본보기도 된다. -
　이러한 바다에서의 생존을 김보한*)(1955, 경남 통영출생,) 의 '뽀
슈'(호주머니)판 시집 『어부와 아내』 중, 마치 「떠도는 배들」의 바다
위에서의 밤을 연상케 해주는 생존이 낭만적으로 그려진 시를 발견
할 수 있다.

---

*) 김보한: 시·시조시인, 1955~경남 통영출생, 시집: 『아름다운 섬』, 『섬과 섬사이』, 『어부와 아내』,
　외 여럿.

지친 아내와
몸만 누일 수 있는
비좁은 선실
미래를 점칠 수 있는 건 다행이다.
짠물 범벅 땀 비 오듯 흘린 하루의 뒤편
느즈러져 선실에서 커튼을 친다.
여린 물때를 맞아 이 밤 속삭이는 밀어의 소리
꿈을 키우는 건 무시로 포근하다.
아늑히 마음 다스리는 밤
고된 하루 일
씻은 듯 꿈에 젖어 잊는다.

손에 바닷물 떨어지면
가난 면키 어려운 일
눈코 뜰 새 없었던 하루는
늘 흐뭇하다.
                        「꿈을 키우는 건 무시로 포근하다」

또 다른 연안에서의 삶을 김보한의 시조집 『고향』에서도 볼 수
있다.

어부와 단짝 아내
그물 뜯어 수선하고

정갈히 몸을 사려*⁾
다투어 물일 가서

비바람 솟구칠 때도

---

*) 우리나라 남해안에 신성한 바다에 나가기 전에 몸과 마음을 정갈히 해야 한다는 일종의 계율처럼
　'개고기를 먹지 않고, 여자를 가까이 하지 안 는다.' 는 금기 풍습이 있다.

그들 아랑곳없었다.

『바다에서』

앞에서 본 폴 포르의 장편掌篇시 제목은 '바다' 였기에 바다 자체나, 내력, 존재의미 등을 함축했다. 그러나 '에서' 라는 조사를 달게되면 바다에서의 일이나 행위를 나타내게 된다. 시인은 이 짧은 3연 6행 시조에다 앞의 수기 내용을 거의 다 담고 있다. 1연은 앞에서본 수기나 시처럼 부부가 같이 바다에서 삶을 찾는다는 점이 다를바 없다. - 실제로 시인은 대학 강사이면서도 고향 통영에서 근 20여 년 동안 우럭 양식업을 해왔다. -

2연은 신성한 바다에 나가기 전에는 몸과 마음가짐을 정갈히 해야 한다는 남해안에서 전래되어 오는 풍습을 일깨우고, 3연은 비록 풍랑이 치더라도 어로 작업은 멈추지 않는 어민의 굳은 의지를 담았다. 그러나 연안에서의 삶을 떠나 대양으로 나가게 되면 삶은 또 다른 양상으로 나타난다.

b. 시어鰣魚를 잡는 어부

- 제11회 한국해양문학상 대상을 수상하며-

북태평양 귀퉁이 푸른 담벼락에는
시어詩魚를 잡고 싶은 늙은 어부가 있었다.
시어란 그리 만만치 않은 황금고기
주위는 비린 물고기뿐이었다.
정수리는 시어詩語의 몸부림으로
바다에서 평형을 잡지 못했다.
때때로 생존의 투망질 놓아버린 채

바다제비 눈으로 시어詩御보려 했지만
소금으로 촘촘히 백태 박은 헛손질의 힘에
팔팔한 시어詩取 비늘도 건지지 못했다.
그래, 망양望洋이란 자기명상에다
투명그물과 눈알도 예비품으로 바꾸자
30년동안 교환이 시작되었다.
철썩거리는 첨벙거리는 소리들
몇 개, 죽음의 덫을 벗겨내고
몇 끼, 배고픔을 견디며
한恨 과 열熱 뱃전에 바르다 잠이 들었다.
교환의 기적은 세파世波에서부터 먼저 왔다.
잠에서 깨어 주위를 돌아보는 순간
어부는 배꼽 밑의 백경을 찾아내었다.
한국해양문학상의 대상도 낚았고
자기얼굴에 붙은 코딱지도 본다
포획은 시작되었다
시어詩魚를 낚은 그 찬란한 기적 속에서

　─ 뱃사람들이 문학수업에 매진하기는 시공時空의 제약으로 거의 불가능하다. 대형 상선에 비해 규모나 장비 등 모든 사정이 열악한 원양어선의 경우는 더욱 그러하다.

　뱃사람들의 작품에는 그들의 직접체험의 산물로 진정성과 현장감은 두드러지나 대체적으로 문학성이 결여 된다는 평을 받는 이유도 여기에 있다.

　2017년 들어 제21회째를 맞는 한국해양문학상에서 대상을 수상한 원양 선·기관장 출신 수상자는 단 세 명뿐이지만, 그나마도 대견스런 일이고 시로 수상한 이는 이윤길*) 뿐이다. ─

---

*) 이윤길: 원양어선 선장 역임, 시집 『진화하지 못한 물고기 한 마리』 『대왕고래를만나다』 『파도공화국』 『바다, 짐승이 우글우글하다』 소설: 『쇄빙 항해』

시집 첫머리 서시序詩에서 시인은 그간의 시작과정을 토로하고 있다. 원양 꽁치잡이선 305 창진호를 몰며 어로작업 중에도 시상詩想 떠올리려 애쓰다가 배의 균형도 잃고 투망 기회도 놓치게 된다. 이 과정을 시어詩語의 동음이의어同音異議語로 시어詩魚를 시어詩御(모시려 했으나), 시어詩馭(날뛰는 말이라) 못부린다는 고충을 자작어自作語들로 한껏 시적인 분위기를 돋운다. 험난한 뱃길에서 결코 쉽지 않은 일이지만, 오로지 하늘과 바다 사이의 공간에서 실존하려는 인간의 욕구가 시로 표출되는 순간을 느낄 수 있다. 이와 같이 바다에 나간 어민과 뱃사람들은 주로 생계를 위한 삶을 추구하지만, 해군이나 해경의 경우에는 전혀 다른 양상인 처절한 삶이되기도 한다.

c. 참수리 357호

아래의 인용은 2002년 6월 29일 서해상에서 벌어진 남북 간의 제2차 교전을 야기한 북한 경비정 684호의 기습공격 순간이다.

측면차단기동! 을 뇌이며 윤영하 정장이 바작 긴장했다. 그대 북의 684호도 배를 돌려 측면을 드러냈고 참수리 357호와 나란히 되는 순간이었다. 이럴 때 만약 어느 한쪽에서 무모한 판단으로 또는 간교하게 공격을 가한다면 상상할 수 없는 사태가 벌어질 무시무시한 측면 차단기동이 시작된 상황이었다. (...)피차간에 절대 공격하지 않는다는 믿음을 전제로 한 것이었기에 서로가 가능한 것이었다. (...)바로 그때, 참수리 357호 대원들은 북의 경비정에서 포탑을 돌려 조준하고 있는 북한군을 목격하며 어? 하는 순간 적의 소련제 구형 T-34mm 포가 불을 뿜었다. 참수리 좌현을 때리고 계속해서 포탄 기관총 소총 등 전 화력이 참수리 357호를 향해 집중포화를 퍼부었다.(...) 갑판 좌현과 우현에서 소총병들이 대응사격을 퍼붓기 시작하고 황창규 중사가

급히 40mm 포를 수동으로 전환하여 미친 듯이 적을 향해 응사
하기 시작했다.

해양소설의 특징 중 하나는 팩션(fact+fiction) 소설이 많다는 점인데
이 소설에서 진정성과 박진감이 뛰어나는 것은 픽션은 없고 팩트 뿐
이기 때문이다. 바다에 나갔을 때, 기상조건에 따른 바다의 상태에
따라 긴장도는 달라진다. 그러나 해군이나 해경의 경우는 항시 긴장
의 연속일 수밖에 없다. 더욱이 전투상황이라면 최악의 경우다. 전
투는 육상이 아닌 해상에서 벌어졌다.

소위 해양전기海洋戰記 문학이다. ― 2008년 해양문화재단이 주관하
는 제2회 해양문학상 최종심에서 해양문학이 아니라 전쟁문학이 아
니냐는 지적도 있었다. 그러나 작가 박정선*)이 참수리357호 전 승
무원의 실명을 표기하는 등 작품 구성도 좋았지만, 무엇보다 참수리
호 대원들의 애국충정을 기리고 바다지킴이 해경과 더불어 그들의
삶 자체가 해양문학으로 발전할 수 있다는 점에서 대상작 선정에 동
의했다. ― 또한 간접체험에 의한다하더라도 철저한 실사만 따른다
면 직접체험 못지않은 우수작을 탄생시킬 수 있다는 사례도 된다.

육, 해를 망라한 해군의 역할은 해군대학에서 발행한 『한국해전사』
에서도 생생하다.

> 한편 남해도에 상륙했던 제2대대는 수송선으로 여수로 이동
> 하여 제1대대와 합류하였다. 제1대대와 제2대대는 10월 5일부
> 터 12일까지 고흥반도에 상륙하여 반도 전 지역과 인근 도서에
> 잠적했던 적을 소탕함으로서 남해안 중부 일대의 치안을 완전

---

*) 박정선: 시인, 소설가, 저서; 소설;『표류』,『동해아리랑』, 시집;『독도는 말한다』외 여럿, 에세이집;
『고독은 열정을 연출한다』,평론집;『사유의 언덕에는 꽃이 핀다』

히 확보하였다. 이 소탕 작전에서 해군은 적 사살 192명, 생포 42명의 전과를 거두었다. 호남지구에서 패주한 적들이 산악지대로 잠복하여 게릴라전을 전개하고 각지에서 살인, 방화, 약탈을 자행하고 있었다. 특히 영암 월출산에 잠복한 적 부대가 목포 주변에 주야로 출몰하여 민심을 동요시키고 있었다. 이러한 상황에서 진해방위대 제1대대에서 차출된 1개 중대(중대장 백남표 해군소령) 가 수송선 제천호에 승선 PC-703, JKS-301, AMS-504 정의 호송을 받으며 10월 1일 새벽에 여수를 출항하여 목포로 향하였다. 그 날 오후 목포항에 접근하던 함정들은 적 포대의 공격을 받아 적과 교전하였고 육상의 적과 교전하면서 목포에 접근하고 있던 504정이 16:13분에 화원반도 북서 해상에서 적이 부설한 기뢰에 접촉하여 선저에 큰 손상을 입었다. 504정은 승조원들의 필사적인 노력과 703함을 비롯한 동료 함정들의 지원으로 침몰은 면할 수 있었으며, 승조원 37명 전원이 구조되었다. 703함장 (이성호 중령)은 임시로 소해기구를 만들어 소형수송선으로 소해작업을 실시하게 한 후 함정과 수송선을 전진시켰다. 다음날 인 10월 2일 해군 육전대(백남표 중대)는 함정의 엄호 사격을 받으며 15:50분 목포에 상륙하였다. 적군 약 2개 소대가 수산시험장 부근에서 저항하였으나, 육전대는 이를 격퇴하였다. 이어 육전대는 북교동과 남교동 일대에서 양민을 학살하며 만행을 자행하던 약 1개 중대의 적과 교전하여 이를 격퇴시키고 그날 오후에 목포시를 완전히 탈환하였다.

「한국해군의 기지수복 및 반격작전」 중에서

역사가 인류의 지나간 행위 이야기이듯이『한국해전사』에는 고대에서부터 현대에 이르기까지 한반도에서 일어난 해전海戰 전반을 상세히 이야기해주고 있다. 충무공과 장보고 이야기는 이미 잘 알려져 있지만 그 외의 해전에 대한 일반적 인식은 미미하다는 생각에 홍보차원에서 인용해 보았다.

― 해양소설 창작에 가장 큰 애로사항으로 소재의 부재나 빈곤을 지적하는 작가들에게 해전사海戰史도 해양소설의 무한한 소재가 될 수 있다는 점을 부각시키려는 의도를 감추고 싶지 않다. 전투는 아무 때에 누구나 할 수 있는 일이 아니므로 직접체험이 아닌 간접체험에 의하더라도 의욕만 따른다면 훌륭한 해양 전기戰記 문학으로 승화 시킬 수 있을 것이다. ―

d. 바다에서 최초로 탄생한 女軍

　해양소설의 가장 두드러진 특성 중에 하나로 여성주인공이 등장하지 않는 것을 지적할 수 있다. 해양소설이 직접체험이나 사실을 주 소재로 삼는다는 점을 감안하면 예로부터 여성들이 거친 바다 일에 종사하지 않았기 때문일 것이다. 그러나 작금에 바다로 진출하려는 여성들이 상당하기에 그들이나 작가들에게 참고와 소재거리 가 될 만한 자료를 『해군일화집』 제 4집에서 간추려 소개한다.

　　한국전쟁으로 전국토가 전쟁의 와중에 있을 때, 누란累卵의 위기에 처한 조국을 앉아서 지켜볼 수 없어 구국의 일념으로 민족의 등불이 되겠다고 나선 제주도여중 3학년 이상 여학생들과 여교사들이 용약勇躍 해병대에 자원입대코자 했다. 당시 해병대 사령관 신현준 대령은 여군제도가 없었기 때문에 지원하는 여학생들을 여러 번 제지하고 달랬으나, 조국수호의 대의 앞에 남, 녀 구별이 있겠느냐며 적극 희망하므로 후방에서 지원업무 수행은 할 수 있을 것이란 판단아래 그들의 입대를 허용하였다. 이리하여 해군역사상 최초로 1950년 8월 27일부터 28일 사이에 자진 입대한 여자의용군 126명이 신체검사와 간단한 구두시험을 거쳐 제주 동 초등학교에 집결하게 되었다.(...) 입대식 준비가 완료됨에 따라 8월 31일 태극기를 가슴에 두르고 제주 북

초등학교에서 역사적인 입대식을 치르게 되었다. 이러한 해군 최초의 여자의용군은 육군 여군이 동년 9월 5일에 창설되었으므로 이들보다 6일 전에 탄생한 것이다. 입대식 준비로 긴 머리를 자를 때, 이들은 그 동안 정성들여 곱게 기른 머리카락이 잘려 나갈 때마다 흐느껴 울었다고 한다. 부모형제와 친지들의 만류를 뿌리치고 오직 민족을 위하여 비록 연약한 여자의 몸이지만 나라에 바치겠다고 자원했던 나이 어린 소녀들은 3.1운동 때, 유관순 언니의 구국정신을 본받고자 굳은 의지를 다졌던 것이다. 입대식을 마친 다음날인 9월 1일 아침 전송하는 인파가 흔드는 태극기의 물결을 헤치며 제주항의 산지부두에서 해군수송선에 몸을 싣고 긴 뱃고동소리를 들었다. 이제가면 언제나 돌아올 것인가? 살아 돌아올 것인가? 아니면 죽어 돌아올 것인가? 이제 갓 입대한 소녀들의 작은 가슴은 형언할 수 없는 감회에 젖어 흐르는 눈물사이로 산지항이 희미하게 멀어질 때까지 손을 흔들고 있었다. 9월 2일 저녁 무렵 진해항에 무사히 도착한 126명의 여자의용군은 경화초등학교에서 총원기상과 동시에 당시 총참모장 손원일 제독의 표어인 "국가와 민족을 위하여 이 몸을 삼가 바치나이다."를 제창한 후 아침식사를 함으로서 기초훈련이 시작되었다.

9월 20일까지 교관인 간호장교 2명에 의해 고된 기초훈련을 받았다. M1소총과 캘빈소총을 휴대한 단독 무장으로 제식교련, 총검술, 사격훈련, 포복훈련 등 남자들과 똑같은 힘겨운 훈련이었으나, 엄격하고도 무서운 교관들 때문에 눈물 흘릴 틈도 없었지만 훈련을 잘 받아냈다. 기초훈련을 마친 후 신병훈련소 특별 분대에 편입되고 훈련도 다소 완화되자, 분위기가 한결 부드럽고 명랑해졌다고 한다. 특별 분대에 배치돼 남자교관들이 교육훈련을 시키니까 "그렇게 좁데다게." (그렇게 좋을 수가 없었다.)라고 당시 피교육자는 술회하고 있다.(...)그들은 제주도 여성의 근면, 착실, 온순이라는 특유의 미덕을 발휘하여 고된 훈련도 무사히 잘 견디어 냈다. 그러나 밤에는 남쪽 하늘에 뜬 별들을 쳐다보며 제주도에 있는 부모형제를 생각하고, 순검 후 잠자리에서 눈을 감으면 그리운 고향 부모형제들의 모습이 떠올라 그리움에 몸부림치며 속으로 많이 울었다고 한다.

북진하는 국군과 UN군이 38선을 돌파하여 파죽지세로 진격하던 10월 10일에 40일간의 지루하던 신병훈련도 끝나고 모두 수료와 동시에 소위 2명, 병조장 4명, 1등병조 6명, 2등병조 6명, 3등병조 15명, 상병 93명 등으로 임명장을 받았다. 계급과 군번을 부여받은 이들은 작업모와 작업복에 계급장을 달고 새로운 부임지인 해군본부(당시 부산소재) 와 통제부, 해군병원에 배치되었다. 여군의 부임신고는 그 모습이 귀엽고 사랑스러웠을 뿐만 아니라 해당부대에 활력을 불어 넣어 줌으로서 전부대원을 활기에 넘치게 했다고 전해진다. 학업을 중단하고 구국의 대열에 나서게 된 입대 전에는 제주도 밖으로 나가본 적 없이 고생도 모르고 귀엽게만 자랐던 어린 여학생들(...) 지, 용, 미를 겸비한 이들이 비록 총을 메고 일선에 나가 직접 적과 싸우지는 않았으나, 후방에서 맡은 바 지원 업무를 훌륭하게 수행함으로서 구국안보의 선구적 역할을 다했던 그 높은 업적과 공훈은 길이 찬양받아 마땅할 것이다.

「해군 여자의용군」

제주도 여성들의 대단한 생활력은 이미 상식화되어 있다. 그러나 우리 국군 최초의 여군이 해군에서 창설됐다는 사실에 또 한 번 놀라지 않을 수 없다. 바다가 낳은 그녀들은 구국과 민족생존을 위한 일념에 의해 생존의 의미를 한 차원 높이는데 이바지 했다. 이토록 바다는 일차원에서 2차원으로까지 우리의 생존을 북돋아주는 존재이다.

─ 작가들에게 해양소설 쓰기를 권유해보면 대게 어렵다거나 소재가 없다는 핑계를 내세우기 일쑤다. 소설을 구성하자면 인생을 알아야 할 건데 바다까지 알아야하니 어려운건 당연할지 모르나 소재는 찾기 나름이란 점에서 이 일화를 실었다. 이 일화에다가 가족과의 갈등, 입대 후의 병영생활, 여군이라고 간호나 통신만 시킬게 아니라 전투도 조금시키거나(전사는 말고 부상 정도만) 함상艦上 로맨스와 인생과 결부 등을 곁들인다면 다면 해양소설의 요건은 죄다 가추

지 않을까 한다. -

아무튼 특수한 임무수행이 아니라 태고太古 에 바다를 떠나 육지에 적응한 인류에게는 바다에 나갈 적에 남다른 모험심과 굳건한 의지력이 필요하다. 신성하고도 두려운 바다에 나간다는 자체가 모험이기 때문이다.

3. 모험과 의지의 실현

a. 모험의 발로發露

청이의 효성으로 아비 심현이 눈뜬 지도 한참이 지난 오늘날에 강상련江上蓮도 해상련海上蓮도 아닌 육상련陸上蓮이 무저갱의 바다에 모험을 걸었다.

눈보라가 브리지 창을 치며 사선으로 질주한다. 파고는 보이지 않아 방향과 높이를 알 수 없고 배를 치는 힘이 40노트쯤의 바람이다. 진동주기가 빨라지고 배가 떨리자 내 얼굴이 하얘지는 것이 느껴진다. 심장도 조여든다. 파도를 넘을 때마다 공회전하는 기관과 진동이 기기고장이라도 일으킬 것 같다. 조타수를 따라 브리지로 올라왔다. 1항사는 해도대 위에 기상도를 얹어놓고 눈을 박고 있다. 선수와 중갑판이 파상으로 굴곡하며 휘어져 1미터씩 움직인다. 배는 유령선 같은 침묵에 싸여 서경 150도 무저갱(無底坑)의 바다에 들어섰다. 이쯤일거야. 그 옛날 바다사람들이 한없이 항해해 나가면 지구 밖으로 뚝 떨어지는 지옥의 바다라고 믿었던 무저갱이. 조타수가 타를 잡고 중얼거린다. 목소리도 바닥에 닿지 못한 듯 가라앉는다. 한없이 떨어지는 감옥이라니. 입이 말라온다. 수평선에 갇혀 있다고 생각했던 유람선상이, 출항 전의 부두가 아득하게 느껴진다.

무저갱. 옛사람들이 바다 끝에 가면 한없이 떨어지는 무서운 폭포가 있다고 믿던 곳을 소재로 한 소설을 유연희柳蓮姬*)가 발표하고, 김상훈 기자가 2011년 3월 15일자 부산일보에 서평을 썼다.

> "무저갱(無底坑) 서경 150도로 지상의 어떤 전파도 닿지 않는 무청역(武廳域)대의 공간. 배가 조난을 당하거나 선상반란이 일어나도 구조 요청을 할 수 없는 곳. 지구 밖으로 떨어져 내려가는 듯한 끝모를 심연 속에서 바닥없는 두려움이 엄습하는 곳.이곳을 지나가는 낡은 잡화선 '선 플라워호' 통신장의 흔들리는 눈에는 공포와 좌절이 광기처럼 흐른다."개 죽음하기 싫어. 파도밭에서 죽지 않을 거라고!"통신장의 아우성이 해명(海鳴)처럼 웅웅거린다. 무한절망의 상징인 이곳에서 선원들은 생존을 위한 처절한 사투를 벌여야 한다. 인간과 바다의 대결에서 인간은 한없이 무기력하기만 하다. (...) 여성작가로는 드물게 해양소설을 시도하고 있다는 점이 이채롭다."

언제부터인지 인간은 끊임없이 바다로 나갔다. 망망대해에 나가 보면 눈에 보이는 것은 오로지 하늘과 바다가 단둘이서만 만나고(랑데부:Rendez-Vous) 있는 수평선뿐이다. 지구가 둥글다는 사실을 모르던 시절의 선원들은 수평선이 지구의 끝이고 바다의 끝이라 생각했다. 이처럼 공포의 대상인 무저갱을 선원들은 야금야금 다가가 드디어 끝없는 벼랑이 아니란 걸 알게 되었다는 문학적인 상상이 가능한 곳이다. 선원들의 모험심 발로가 이룬 성과다. 기자의 눈썰미는 맵다. 동·서를 막론하고 본격적인 해양소설의 특징 중 하나가 여주인공

---

*) 유연희: 소설집『무저갱』, 『날짜변경선』 부산소설문학상, 김만중문학상, 신악문학상, 2017 부일해양문학 우수상 수상.

이 없다는 점이다. 그런데 그 험난한 항로를 여류소설가가 소설로 접어들었다. 이 또한 선원들 못지않은 모험이고 써보겠다는 의지의 표출이다. 모험의 또 다른 형태를 보자.

노르웨이의 인류학자이자 탐험가인 '헤이에르달Heyerdahl'은 남미 페루에 살던 전설속의 신비스런 태양신 '콘티키Kon-tiki'가 폴리네시아 인들이 그들의 시조始祖로 받드는 태양의 아들 '티키'라고 확신한다. 그러나 믿는 이는 아무도 없었다. 남태평양 제도의 원주민들이 '페루'로부터 도래했다는 자신의 이론을 증명하기 위해 모집한 5명의 탐사대원과 함께 옛 페루 인디언들의 뗏목과 똑같은 '발사' 나무로 엮은 뗏목을 건조하고 '콘티키'라 명명한다. 1947년 4월 28일 페루의 카야오 항에서 출항하여 8월7일 동 폴리네시아 군도까지 101일 동안 약 7,964㎞를 오직 바람과 해류만 타고 항해, 1,500년 전 옛 남미 인디언들이 남태평양 군도에 표착漂着할 수 있었다는 것을 실증하게 된다. 그는 이 뗏목 항해기인 『콘티키』를 탐사 다음해에 사진과 함께 세계에 알렸다.

내용에서 뗏목 출항 전까지는 치밀한 탐사 준비 과정을 그렸으나, 항해 중에는 주로 식량원이 된 해양생물에 대한 서사敍事가 대부분이다. 그중 일부를 보면

이튿날 우리는 다랑어, 가다랭이, 돌고래의 방문을 받았다. 커다란 날치 한 마리가 뗏목위에 털썩 떨어져 그놈을 미끼로 금방 돌고래 두 마리를 낚아 올렸다. 무게가 9㎏ 과 16㎏ 은 족히 나갔다. 이리하여 며칠 동안의 양식은 마련된 셈이었다. 키잡이 당번을 서면서 우리는 이름도 알 수 없는 갖가지 물고기들과 마주쳤다. (…) 적도에 가까워질수록, 그만큼 해안에서 멀어질수록 날치는 더 많아졌다. 마침내 밝은 태양빛 아래 물결은 맑고 장

엄하게 넘실거리고 세찬 바람이 불어오는 푸른 바다로 나왔을 때, 날치들은 태양빛을 받아 반짝이면서 비 오듯 쏟아져 내렸다. (...) 우리가 작은 파라핀 등을 내걸면 날치들은 불에 이끌려 무턱대고 뗏목 위로 날아왔다. (...) 날치들은 항상 주둥이를 앞세우고 빠른 속도로 날아오기 때문에 정면으로 부딪치면 얼굴이 화끈하고 얼얼했다. 그러나 이런 불의의 공격은 쉽게 용서받았다. 우리는 약간의 흠은 있어도 맛있는 생선요리가 마구 공중에서 날아오는 매혹적인 장소에 와있는 셈이었기 때문이다. 아침이면 이놈들을 튀겨 먹는 게 일이었다. 고기 자체가 맛이 그런 것인지 아니면 요리 솜씨 탓인지 혹은 우리의 식욕 때문인지는 모르지만 그 맛은 언젠가 먹어 본 적이 있는 튀긴 송어 맛과 매우 비슷했다. 식사 당번이 해야 할 첫 임무는 아침에 일어나서 밤사이에 갑판에 떨어진 날치를 모두 주워 모으는 일이었다. 대개 예닐곱 마리이지만 언젠가는 살찐 날치가 26마리나 뗏목 위에 떨어져 있었다.

『콘티키』는『모비 딕』이 마치 고래박물지 같다면, 해양생물 박물지 같이 온갖 해양생물들이 등장하고 심지어는 플랑크톤까지도 이들의 양식이 되고 있다. 그 중에서도 날치가 돌고래 낚시의 미끼가 되는 등 101일 동안의 항해를 도운 일등공신 노릇을 했다는 점에서 왜 날치들이 배를 향해 날아오는지 의문을 갖게 된다.

─ 실제로 대양에 나갔을 때, 마치 가을 들녘의 참새 떼처럼 날치 떼가 항해 중인 배를 향해 날아오는 경우를 이따금씩 볼 수 있다. 대부분의 날치들은 배 위를 횡단 하지만 그 중 몇 마리는 갑판 위에 떨어져 퍼덕거린다. 이때 갑판원들은 그냥 줍기만 하는 가장 싱거운 어로작업을 즐기기도 한다. ─

이 의문은 문학적인 상상에 의해 두 경우를 추정할 수 있다. 우선은 상황이다. 망망대해에는 하늘과 바다 밖에 없고, 바다위에는 바람과 파도 밖에 없다. 그 단조롭고 황량한 곳에 불현듯 나타 난 배는 날치들의 호기심을 자극하기에 충분할 것이다.

다음으로는 자기 영역보호로 볼 수 있다. 모든 동물들에게는 자기 영역이 있다고 한다. 자신의 영역을 침범한데 대한 항의시위, 즉 갑판 위에 떨어진 녀석의 목숨을 건 시위로도 본다면 문학적인 상상이 아니라 황당한 상상일지도 모르지만, 이것이 상상의 자유이기도 하고 문학하는 재미 중 하나이기도 하다. 그러나 해양문학의 입장에서 볼 적에는 하늘과 바다가 이들을 도운 것이다. 서양속담에 "하늘은 스스로 돕는 자를 돕는다."고 했다. 위의 인용부분은 헤이에르달을 위시한 6명의 탐사대원들의 신념과 용기 그리고 치밀한 사전계획과 준비 등에 감복한 포세이돈이 그에 상응하는 선물로 보낸 것이 날치 일지도 모른다는 상상을 이끌어내기도 한다.

b. 발해 1300

— 콘티키 호의 뗏목탐사항해 50년 후인 1997년 12월 31일, 장철수(탐사대장), 이덕영(선장), 이용호(대원, 사진), 임현규(대원, 통신: 한국해양대학교 해운경영 90학번) 등 4인의 발해탐사대가 "발해 1300 호"로 명명한 뗏목에 올라 러시아의 블라디보스독 항에서 출항한다. 탐사 목적은 해양주권 확보와 해양국가로의 발전을 주창主唱하기 위해서였다. 목적 달성을 위해서는 1,300년 전 대조영이 건국했던 발해의 옛 발해인들이 만주와 러시아 연해주를 아우르고, 동해를 통해 일본과 교역했던 뛰어난 해양국가 발해의 역사를 되살리는 일이 선행요건이었다. 또한 항해에 성공함으로서 발해인들이 일본을 왕래할 때, 울릉도와 독도를 기착지로 삼았다는 사실을 입증하

여 독도가 고대부터 우리 땅이었음을 확인시키고자 했다. 출항 전 장철수 대장은 "발해 대조영이 나의 몸을 빌려 다시 태어나기 바란다. 민족의 웅대한 기상이 서려 있는 1천 3백 년 전 뱃길을 타고 내려가면서 독도는 우리 땅이라고 외치고 싶다." 는 말과 "이 바다를 통하여 한반도가 화해의 통일을 하고(...) 일본은 참역사의 깨우침과 과거의 교류를 거울삼아 싸움과 질시의 시대를 마감했으면 좋겠다. 이 바다 항해를 통하여 청년들에게는 개척과 탐험정신을, 국민들에게는 용기와 삶의 새로운 활력을 가지길 바란다. 지금은 해양시대라 한다.(...) 국민들이 강인한 정신과 자존심을 회복해야 한다. 이것이 국난극복의 제일선이다. 이런 점에서 과거 실학파가 주장했던 발해사를 복원하고 부흥운동을 속개하는 것이 시급하다." 란 말을 대원들에게 심었다. 유능한 뱃사람들도 꺼리는 겨울 동해바다를 그들은 조국과 민족의 자존심을 위한 굳은 신념하나로 성난 풍파와 눈보라, 소용돌이치듯 역류하는 해류와 추위 등 최악의 기상조건하에서도 목숨을 건 뗏목항해를 계속했다. 그러나 허기와 탈진 상태에서 일본 '오키' 제도까지 해류에 밀려가는 12시간동안 사나운 풍랑과 사투를 벌이다가 1월 24일 새벽 1시경 '도고' 섬 해안절벽에서 부서진 뗏목과 함께 거친 파도 속으로 사라져갔다. 그 후 해마다 임현규 대원이 몸담았던 한국해양대학교 HAM 동아리 주최로 4인의 탐사대원을 추모하지만, 점점 세인의 뇌리에서 멀어져가는 세태다. 비록 그들은 사라졌으나, 우리들의 마음속에 생존해 있는 숭고한 정신만은 '해양 전기傳記문학' 속에 민족혼으로 승화시켜야할 과제를 해양문학계海洋文學界에 남겨 놓았고, 이들의 정신은 장철수 대장의 고향인 경남 통영시 산양면 미륵산 기슭에 건립된 추모비 속에 살아있다. ―
　후기:

－ 발해 1300호를 인터넷에 검색해보면 뗏목 밧줄에 고드름이 주렁주렁 달려있는 사진에 가슴이 섬뜩해진다. 한국해양대에서 해마다 거행된 추모 몇 주년째인지 행사 때, 제1차 발해탐사대의 지원팀장이었다는 이에게 왜 온화한 계절이 아닌 엄동설한한 겨울을 택했는지 물어 본적 있다. 동해바다는 서, 남해보다 거칠고 겨울철에는 더욱 그렇다. '타이타닉'호 의 희생자 대부분도 저 체온증이 원인이었고, 앞에서 본 '콘티키' 도 5~8월까지 기후가 온화할 때 항해에 성공한 사례에 비추어 안타까움의 토로였다. 바람과 해류가 일본쪽으로 항해하기에 적합해서라고 했다. 옛 발해인들이 10월부터 3월까지 주로 이 항로를 택했다는 사실史實이 있으므로 그들은 고증考證에 충실하려 한 것이다.

　원래는 10월경에 출항할 예정이었으나 탐사비(뗏목건조비)부족으로 미루어지고, 이때 장철수 대장이 자신의 집(소형아파트)을 팔아 탐사비로 충당했다고 한다. 탐사대는 비록 접안에는 실패했어도 항해에는 성공했다. 그들은 발해해상항로의 복원을 통해 독도가 우리 땅임을 입증하는 일도 중요한 탐사목적이었으므로 국토수호를 위한 해양특공대 역활도 수행한 것이다. 이것이 그들이 이룬 생생히 살아 있는 해양도전과 개척의 정신문화이기도 하다. 근자에 일본은 더욱 더 독도가 제 것이라고 억지를 부리고 있다. 일본해상보안청에 제1차 발해탐사대의 조난 기록이 남아 있을 것이니 앞으로도 계속 제기될 것으로 예견되는 영토분쟁에 안용복장군과 더불어 탐사대의 의거도 중요한 사료로 제시했으면 한다. 또한 탐사대장의 고향에 이미 동상과 추모비가 건립되어 있으므로 이젠 지방자치의 영역을 떠나 국토지킴이에 대한 국가의 서훈敍勳 으로 그들의 숭고한 의거에 보답해야 할 차례다. －

여러 자료들을 간추려 본 비운의 항해기에 애통한 마음은 흘러가는 구름에 실어두고, 다시 모험은 섀클튼에게서 탐험의 양상으로 나타난다. 데니스 N. T. 퍼킨스의 『섀클튼의 서바이블 리더십』은 1914년 27명의 대원들을 이끌고 세계 최초로 남극대륙 횡단에 나선 영국 탐험가 어니스트 섀클튼의 탐험기로 근 2년 간 혹독한 시련에서 생존하는 과정과 요건을 보여주고 있다.

> 바람과 해류가 자주 바뀌었기 때문에 탐험대는 닷새 반나절의 항해 동안 네 번이나 목표지점을 변경해야 했다. 마침내 그들은 '엘리펀트Elephant Island'라고 알려진 바위투성이의 불모지 섬에서 쉴 곳을 찾았다. 해변의 길이는 겨우 100피트에 폭은 50피트 정도의 작은 섬이었지만 그들은 497일 만에 처음으로 단단한 땅을 밟아보았다. (...) 그 섬에는 먹을거리가 충분하지 않았다. 극히 적은 수의 팽귄, 갈매기, 조개, 그리고 코끼리 물개 등이 고작이었다. 더욱이 구조될 수 있는 가능성도 희박했다. (...) 달리 선택의 여지가 없었다. 식량이 바닥날 위험 또한 섀클튼을 무겁게 짓누르고 있었다. 그는 워슬리에게 자신의 심중을 털어 놓았다. "그것이 아무리 위험하다 하더라도 우린 보트로 계속 항해해야만 해. 대원들을 굶어죽게 할 수는 없어."

남극대륙을 소재나 배경으로 한 문학작품은 국, 내외를 통해 아직 알려지지 않았고, 그럴 가능성도 희박해 보이는 현실에서 이 탐험기는 해양 전기傳記문학으로도 충분한 가치를 지닌다.

더욱이 목적지를 150㎞ 앞두고 얼어붙은 바다에 갇혀 난파된 탐험선 인듀어런스호를 떠나 부빙浮氷을 타고 남극해를 떠돌다가 634일 만에 한 명의 낙오자 없이 대원 모두 무사 귀환한다. 역경을 벗어난 그들의 생존은 섀클튼이 발휘한 위대한 리더십의 산물이었다.

― 이 과정에서 보여준 섀클튼의 탁월한 리더십을 저자 퍼킨스는 현대 비즈니스 전략을 실행할 수 있는 위대한 리더가 되기 위한 10가지 교훈으로 제시한다. 그 교훈은 비록 경영 일선에 선 CEO 뿐만 아니라 인생이란 항로를 따라 항해하고 있는 우리 모두에게 훌륭한 나침반이 될 것이다. ―

알프레드 랜싱의『섀클튼의 위대한 항해』중에서 섀클튼의 또 다른 면모를 보자.

드레이크 해협에는 하루에 100여㎞를 이동한다는 해류가 동에서 서로 흐르고 있으며, 거의 쉴 새 없이 돌풍이 같은 방향으로 불어댄다. 케이프 혼이나 포클랜드 섬에 도착하려면 이 거대한 두 개의 세력을 거슬러 바람을 안고 올라가야 하는 것이다. 이런 조건에서 길이 6~7m에 불과한 보트를 띄울 수는 없었다. 그러나 사우스조지아 섬으로는 바람을 타고 갈 수가 있었다. 적어도 이론적으로는 그랬다. 토론에 토론이 거듭되었다. 커드 호가 사우스조지아 섬에 닿을 확률이 거의 희박함에도 불구하고 많은 대원들이 함께 가겠다고 나섰다.(...) 섀클튼은 누구를 데리고 가야 할 것인지, 또 누구를 남겨 놓고 가서는 안 되는지를 놓고 와일드와 오랜 상의를 한 끝에 최종 결정을 내렸다. 위슬리는 없어서는 안 될 인물이었다. 그들은 지구상에서 가장 폭풍이 심한 바다를 가로질러 1,600㎞ 이상을 가야만 했다. 최종 목적지는 폭이 40㎞에 불과한 섬이었다. 해도 위에 점 하나를 찍기 위해 그토록 위험한 조건아래, 그토록 먼 거리를, 갑판도 없는 배를 타고 간다는 것은 일류 항해사인 위슬리에게도 몹시 부담스러운 일이 아닐 수 없었다. 위슬리에 이어 섀클튼은 크린, 맥니쉬, 빈센트 그리고 맥카티를 차출했다. 크린은 거칠었지만 시키는 대로 일을 하는 고분고분한 항해사였다. 사실 섀클튼은 거칠고 고지식한 성격의 크린이 오랫동안 무작정 기다리는 일을 잘 견딜 수 있을지 자신할 수가 없었다. 쉰일곱 살인 맥니쉬는 현실적으로 그 항해에 적합하지 않았다. 섀클튼과 와일드는 그가 아직도 문제를 일으킬 소지가 다분한 사람이라고 느꼈고, 그를 대원들 틈에 남겨 놓는 것은 바람직하지 않다고 생각했다. 게다가 만에 하나 커드 호가 얼음 따위에 손상이라도 입는다면 목수인 맥니쉬가 반드시 필요했다. 빈센트는 맥니쉬와 비슷한 부류였다. 사람들과 어울려 잘 지낼 수 있을지 그의 사회성이 의심스러웠던 것이다. 이와 반대로 맥카티는 단 한 번도 사람들과 갈등을 일으킨 적이 없었다. 그래서 누구나 그를 좋아했다. 섀클튼은 그가 숙련된 갑판원인데다 황소 같은 체력을 가지고 있다는 단순한 이유 때문에 그를 선택했다.

엘리펀트 섬에서 가망 없는 구조를 무작정 기다릴 수 없게 된 섀클튼은 사우스조지아 섬으로 5명의 대원만 이끌고 구조요청을 하기 위해 떠난다. 그들의 유일한 이동 수단인 커드 호에는 전 대원을 태울 수없기 때문이었다. 이 해상결사대의 임무 성공 여부에는 자신을 포함한 전 대원의 생사가 달려 있었다. 대원 차출 과정에서부터 돋보이는 섀클튼의 탁월한 리더십으로 탐험사상 최초로 전 대원 무사 귀환이란 역사적 쾌거를 이루게 된다.

그러나 생환의 전 과정을 통해 섀클튼과 대원들이 발휘한 모험심과 의지력은 인간 능력의 한계를 무한대로 승화시킬 만큼 위대했다. 그들은 어떤 시련도 불굴의 의지로 극복하는 기적을 이룬 것이다.

－ 섀클튼의 탐험대 대원 중, 사진을 담당했던 프랭크 헐리의 헌신적 노력으로 이들의 생생한 사진 기록이 '섀클튼의 위대한 실패' 란 부제가 붙은 『인듀어런스』 책자에 수록되어 있다. －

c. 의지의 실제

선원들의 의지는 꼬르비에르(1845∼1875, 프랑스 시인)의 다음

시에서 인상적으로 드러난다.

> 소년 수부야. 네 아버지도 선원이냐?
> 어부였어요. 오래 전에 실종되었죠.
> 아버진 어머니와 바다에서 밤새우시다,
> 부서지는 파도 속에 잠드셨어요.
>
> 어머니가 아버지를 모셔둔 묘지의
> 무덤 속엔 −아무 것도 없어요−
> 이젠 육지에서 내가 가장家長이지요,
> 아이들 양육을 위해.
>
> 어린 두 동생 하지만, 해변에는,
> 난파에서 돌아오는 건 아무 것도 없는가요?
> 아버지의 파이프 담배 걸이와 나막신밖에…
>
> 일요일마다 우는 어머니,
> 안락한 삶을 위해
> 나는 자라서 마드로스가 될 거야!
>
> 「소년 수부水夫」

꼬르비에르가 상징파 시인에 속한다지만 이 시에는 상징적인 면보다 한편의 멜로드라마를 연출한다. 어부였던 아버지를 바다에 잃고도 바다를 원망하거나 배척하지 않고 "어른이 되고 나면 마드로스가 되겠다."는 어린 선원, 즉 예비선원의 강인한 의지가 부각되어 우리의 선원에 대한 인식이 다른 나라에 비해 사뭇 다른 점이 현실은 물론이고 문학에서도 드러나고 있다.

소설 『레 미제라블Les Misérables』로 우리에게 잘 알려진 빅톨 위고 (Victor Hugo, 1802~1885, 프랑스 시인, 소설가)는 바다에 대한 부정적인 이미지, 즉 노한 바다, 멸의 바다를 시로 묘사했다.

　　　오! 머나 먼 대양으로 즐거이 떠나간
　　　얼마나 많은 선원과 선장들이,
　　　침울한 수평선에서 자취 없이 사라져 갔는가!
　　　수없이 사라진 냉혹하고 서글픈 운명이여!
　　　심연의 바다 속으로, 달도 없는 밤에,
　　　캄캄한 대양아래 영원히 묻히는구나!

　　　얼마나 많은 선주들이 그들의 선원들과 함께 사라져 갔는가!
　　　그들의 전생에 걸쳐 몰아치던 폭풍우가
　　　단숨에 물결위로 흩날렸구나!
　　　아무도 깊고 깊은 심연 속의 그들의 종말을 알지 못 하리.
　　　지나가는 파도마다 널려진 전리품들을 거두어 가네,
　　　한 파도는 일엽편주를, 또 다른 파도는 선원들을!

　　　아무도 그대의 운명을 알지 못하리,
　　　사라져 간 가련한 생명들아!
　　　그대들은 숨어 있는 죽음의 암초에 선수船首를 부딪치며,
　　　광활하게 펼쳐진 어둠 속을 가로질러 달려간다.
　　　오! 날마다 해변의 모래사장沙場에선 사라진 자식들이
　　　돌아오는 환상에 젖어 있던 얼마나 많은 노부모들이
　　　기다리다 지쳐 돌아가셨나!
　　　　　　　　　　　　　　「암흑의 대양Oceano Nox」(일부)

　　프랑스어로는 '오세앙 뉘Océan Nuit'가 되는 「암흑의 대양」은 위고
가 왜 이태리어(oceano)와 라틴어(nox)로 제명했는지는 알 수 없으나,
그 제목 자체가 바다에 대한 부정적인 이미지를 던져주다시피, 머나
먼 항해에서 돌아오지 않는 선원들과 그 가족들의 기약 없는 기다림
이 애절하다. 한편으로는 선원들과 그 주위 사람들의 고난과 애환을

묘사한 낭만파의 시풍이 독자들로 하여금 그들의 역경을 인식시켜 공감대를 형성케 한다. 이런 점에서는 긍정적으로 볼 수도 있지만, 그들의 생존과 활동무대인 바다 그 자체는 파멸과 생의 탈취자 역할로 인해 멸, 즉 부정적인 이미지가 서정적인 시풍에도 불구하고 극단적으로 부각되고 있다. 이 시에 대해 사략선私掠船 − 전시에 동원되는 민간인의 배로 우군에게는 지원선이지만, 적군에게는 해적선이 된다. − 선장집안에서 태어나 바다를 지극히 사랑하는 시인으로 알려진 앞서 본 「소년 수부」의 꼬르비에르는 뱃사람의 입장에 서서 내륙인內陸人 위고의 시를 그의 시 「종말La Fin」을 통해 정면으로 반박하고 있다.

> 그래 좋아, 모든 항해자, 선장과 선원들은
> 광활한 대양 속에서 영원히 잠들리라…
> 머나 먼 항해를 기꺼이 떠난다.
> 죽음이란, 떠난 이상 피치 못할 숙명이다.
>
> 가자! 이것이 그들의 천직이다.
> 그들은 죽을 때까지 그들의 직업을 지킨다!
> 할당받을 브랜디를 기대하며,
> 그들의 선실 속에서 의기양양해 한다…
> 죽음은 호의다. 죽음은 선원의 발자취라네
> 그대들과 함께 영원한 잠자리에 드는 건
> 그대들의 착한 아내라네
> 그러니 선원들아 모두들 나가자! 파도를 헤치며!
> 돌풍 속에 사라지는 곳으로…
>
> 넘실거리는 수평선을 보아라,
> 저 큰 물결은,

취기 오른 명랑한 아가씨의
사랑스런 배腹 라더라…
선원들은 모두 거기에 있다!
거친 파도는 파곡波谷이 깊게 마련이다.

「종말」(발췌)

꼬르비에르의 이 시는 전편에 걸쳐 바다를 긍정적으로 묘사하고 있는 데도 불구하고 부정적인 「종말」로 제명題名한 것은 위고의 시 2연에서 "아무도 그들의 종말을 알지 못한다."에 대한 반발이다. 또한 이 시의 2연에서 죽음을 두려워하지 않고 오히려 "호의"로 받아들이는 초연超然함을 보여 주고 있다. 그 초연함은 종교적인 확신에 의한 초연이 아니라, 바다를 사랑하는 입장에서 볼 때 '바다에서의 죽음'이기 때문에 초연할 수 있을 것이다.

또한 낭만파의 시풍으로 바다에 대한 감상에 젖게 하는 위고의 시와는 달리 거친 바다를 헤쳐 나가는 뱃사람들의 강인한 의지와 투혼을 상징적으로 부각시킨 상징파의 시풍이 해양인들의 긍지를 한껏 고무시켜 주기도 한다. 이러한 바다의 양면성은 자연과학적인 당위성을 떠나 문학에서도 작가의 의도나 관점에 따라 분명해 진다.

－ 죽음에 초연했던 시인은 30세에 요절했다. －

앙리 토마(H. Thomas, 1912~, 프랑스 작가)의 제목 없는 시에서도 노한 바다에서의 강인한 인간의 의지와 기상이 「소년 수부」보다 더 생생하게 묘사되어 있다.

파도가 소리치며 몰려온다
깊이 잠든 나에게까지,
밤중에 나는,
끌려가는 짐승처럼

뒤뚱거리며 일어난다.

아, 하얗게 된 내 선실
침대와 갑판 위의 텐트도,
마치 거품의 돔과 같고,
선실의 문을 열고 보니
해안이 온통 뒤끓는 구나.

날이 밝아 온다, 나의 창백한 밤이여
그 가슴에서 별 하나를 지워라,

하지만, 나는 달리고 난다,
기이한 이륜 포장마차를 타고

고삐를 움켜잡고,
이곳에서 나 홀로 버틴다.

가자, 나의 망아지야
너의 갈기를 휘날리며,

암초 곁을 스쳐 나가
장미 빛 열화烈火의 소요 속으로,

바다로 달려라, 날렵하게,
노호하는 바위를 살짝 스치더라도.

거친 바닷바람이 마차와 마차꾼을
뒤집으려 드는구나.

거친 파도를 헤치며 나가는 소형선은 물결에 상하로 흔들리는 피칭Pitching을 하게 되고, 이 때 항해자는 마치 이륜마차나 마구 날뛰는 망아지라도 탄 듯한 느낌에 빠지기도 한다. 따라서 '기이한 이륜 포장마차'와 '망아지'는 '작은 배'의 은유이고, '장미 빛 열화'는 '여명黎明에 떠오르는 태양 빛에 붉게 물든 바다'의 은유일 것이므로, 이러한 악조건에도 불구하고 소형선박의 은유인 작은 마차를 몰아 황천항해를 감행하는 항해자의 꿋꿋한 의지와 기상이 돋보인다.

바다에서의 이러한 의지를 '원초적原初的'으로 본다면, 뽈 발레리(Paul Valéry, 1871～1945, 프랑스 시인, 비평, 사상가)는 바다에서가 아니라 육지에서 바다를 관조하며 인간의 '관념적 의지'를 표출시키고 있다.

> 아니다, 아니다! …일어서라! 뒤이은 시대 속에!
> 깨어라, 내 육체여, 그 사고의 틀을!
> 마셔라, 내 가슴이여, 바람의 탄생을!
> 바다가 내뿜는 신선함이
> 나에게 내 영혼을 되돌려 준다… 오 짜디짠 힘이여!
> 파도로 달려나가 생생하게 다시 솟아나자!
>
> 그렇다! 광란을 타고난 거대한 바다여
> 표범 가죽이여, 숱한 태양의 영상으로
> 구멍 뚫린 희랍의 갑옷이여,
> 침묵과 같은 소란 속에서
> 반짝이는 너의 꼬리를 물어뜯는
> 그대 푸른 몸뚱이에 취한 완전한 히드라여.
>
> 바람이 인다… 살려고 애써야만 한다!
> 거창한 바람이 내 책을 다시 접고,

암벽에선 파도가 가루처럼 솟아오른다!
날아가거라! 눈부신 책장들이여!
부숴라, 파도야! 희열의 물로 부숴라,
삼각돛들이 모이를 쪼고 있던 이 고요한 지붕을!

「해변의 묘지」 (일부)

　모두 24연으로 구성되어 있는 「해변의 묘지」의 마지막 3연이 사실상 발레리의 고향에 자리 잡은 묘지에서 바다를 관조하며 철학적인 명상과 서정적 영감을 읊은 이 시의 대단원으로 볼 수 있다. 추상적이고도 난삽難澁한 각 구절에 대한 분석은 관점에 따라 여러 각도로 이루어질 수 있겠지만, 해변의 묘지들이 대부분 빈 무덤인 가묘暇墓란 점과 바다와 인간의 의지라는 측면에서 고찰할 때에는 위의 3연이 가장 상징적이다. 인용한 1연—전체 22연—부터 3연까지 바다에 대한 부정적인 이미지는 찾아볼 수 없고, 인용문 이전의 절에서는 비둘기들이 걸어 다니는 저 조용한 지붕—여기서 비둘기는 흰 돛을 단 어선의 은유이고, 지붕은 바다의 은유이다—과 같이 정체된 정경으로만 묘사되던 바다가 갑자기 약동하기 시작하는 것은, 죽음에 정면으로 맞서려는 인간의 의지와 무無에 대한 유有의 인식이며, 정체된 삶과 사고에 대항하려는 생동하는 삶을 갈망하는 의지가 마지막 연의 첫 행 "살려고 애써야만 한다!"에 결집되어 있다.
　이렇게 강인한 의지에의 욕구는 무덤의 사자死者들에서 반발적으로 분출하는 사고의 한 형태가 아니라, 묘지 아래로 내려다보이는 '바다를 관조함에 따라 약동하는 바다에서 다시 인식'하게 된 '삶에 대한 의지'의 발로인 동시에 '실존實存의 외침'인 것이다. 마지막 행에서 비록 '고요한'이란 수식어가 제한은 하고 있더라도 "삼각돛들이 모이를 쪼고 있던 바다"는 정체된 바다가 아니고 인간의 의지를 고양시켜 줄 '약동하는 바다'이며 '삶의 바다'이다. 이와 같이 운문韻文에서는 인간의 호쾌한 기상과 의지가 은유와 상징으로 함축되어 있다.

랭보(A. Rimbaud, 1854~1891, 프랑스 시인)는 처음으로 항해한 것으로 간주되는 항해자의 의지를 상징적으로 표출시키기도 한다.

> 무섭게 출렁이는 조수의 격랑 속에서,
> 지난 겨울에, 나는 어린애의 머리보다 더 먹먹하게,
> 난 달렸지! 떠내려 간 이베리아 반도도
> 이처럼 엄청난 혼돈을 감내하진 못했을 거야.
>
> 폭풍우 치는 바다는 항행에 눈뜬 날 축복해 주었지.
> 끝없이 희생물을 실어 간다는 물결 위에서,
> 나는 콜크 마개보다 더 가볍게 춤을 추었지,
> 열흘 밤을 미련도 없이 고물의 등불을 바라보며.
>
> 난 알지, 번개 불에 지친 하늘과 소용돌이를
> 큰 파도와 조류를 난 알지, 그날 저녁을,
> 무수한 비둘기 떼와 같은 황홀한 새벽을 난 알지,
> 이따금씩 모두들 보았다고 믿는 것을 나도 보았지.

「취한 배」(발췌)

바다와 인간, 그리고 배船의 관계에 있어서 배는 바다와 인간을 결합시켜 주는 중개자의 역할을 하므로 정박 중인 배는 영혼이 없는 육체와도 같다. 그러나 항해 중인 배는 영靈과 육肉이 합일된 하나의 독립된 생명을 지닌 개체가 된다. 이런 관점에 의하면 바다에서 인간은 배가 없으면 생존할 수 없고, 배는 인간이 없다면 그 존재 가치를 상실하게 되는 것이다. 따라서 항해자가 자신의 배를 은연중에도

가장 소중히 여기는 것은, 자신의 생존이란 차원을 넘어 자신과 합일된 개체로 인정하기 때문일 것이다. 이런 점은 문학에서만이 아니라 우리 주변에서 사실로도 들을 수 있다.

　－ 강원도 속초시 엑스포 공원에 1990년 3월 1일 선원21명은 모두 구명뗏목으로 대피시킨 후 빨리 퇴선 하라는 선원들의 절규를 뿌리치고 자신은 끝까지 무전으로 구조요청을 하다가 배와 함께 운명을 같이 한 유정충 선장의 동상이 난파선 위에 우뚝 서 있다. 그 후 유선장은 국내 최초로 60만 어민장과 함께 국민훈장을 추서 받았다. 그의 진정한 뱃사람의 얼(Seaman's Spirit)을 깊고 넓게 기리고자 일대기를 전기소설『동상과 우상』속에 심어두었다. －

　이렇듯 바다에서의 강인한 의지를 표출하는 선원들에 대한 우리의 인식은 아직도 미흡하지만, 해외海外로 시선을 돌려보면 사정이 달라진다.

4. 선원의 자리

　레베르테(Arturo Pérez-Reverte, 1951～ 스페인 소설가)의 『항해지도 *)
La carta esférica』에서는 선원에 대한 인식이 우리와는 사뭇 다르다.

　　그들에게 바다는 하나의 해결책이었고, 그들은 떠날 시각이 언제인지 항상 알고 있었다. 코이 역시 천성적으로 그리고 본능적으로 그런 부류의 인간이었다. 언젠가 베라쿠루스의 술집에서 어떤 여자가 — 그런류의 질문을 하는 사람은 항상 여자들이었

---

*) 바다에는 땅이 없으므로 '항해지도'란 명칭은 '항해도' 의 오류이다.

다. ― 그에게 왜 변호사나 치과의사가 되지 않고 선원이 되었
는지 물은 적이 있었다. 잠시 후 그는 어깨를 한 번 들썩이고
나서 한참 있다가 이제는 여자가 대답을 기대하고 있지 않을 때
말했다. "바다는 깨끗하죠." 그것은 사실이었다.

위의 인용에서 '그들은 선원'을 지칭 한다. 이 대목에서 주목할 점
은 여자의 질문이다. 주인공인 '코이'는 그가 당직을 서고 있던 새벽
4시 20분에 인도양에서 좌초된 4만 톤급 컨테이너 선 '이슬라 네그
라' 호의 일등항해사였으나, 사고 후 2년간 자격을 정지당한 인물이
다. 그런 그에게 왜 변호사나 치과의사가 되지 않고 선원이 되었는
지를 물었다는 것은 그 사회의 통념에서 동급으로 본다는 간접적인
증거가 된다. 영국에서 상선사관을 별칭으로 Intenational Gentelman
(국제신사)로 부른다고 한다. 그러나 우리의 경우 선원들은 남이 하
는 게 아니라 스스로 '우리 뱃×들' 이라고 자조自嘲 거나 4D업종
(Difficulty, Dirty, Danger, Departure) 이라고 내세우기도 한다. 자신
의 직업에 자긍심을 갖지 못하면 발전이 없고 뱃님인 선원들이 자기
비하自己卑下 하면 '해양강국' 도 없다. 선원들은 물론 범국민적인 인
식의 전환이 절실한 실정이다. 이를 위해 해양문학은 물론 해양관련
모든 사업체나 부서들이 풀어 가야 할 과제다. 정책적 배려는 두말
할 나위도 없다.
영국에서 구전되어 온 것으로 알려 진「보슨이 최고야」라는 시를
일반인들에게는 다소 생소하게 보일지 몰라도 실제로 바다 일에 종
사하는 뱃사람들의 동감과 자긍심 높이기에 도움될 것이란 생각에
이재우의 『바다의 명시』에서 뽑아 전편을 싣는다.

선장은
단숨에 고층건물 뛰어넘고,
배의 엔진보다 힘이 더 세고,
구명삭求命索 발사총*)보다 더 빠르고,
바다 위를 걸으며,
하느님께 지모智謀를 준다.

수석 일등항해사는
단숨에 작은 건물 뛰어넘고,
배의 발전기보다 힘이 더 세고,
구명삭 발사총만큼 빠르고,
잔잔하면 바다 위를 걸으며,
하느님께 말을 건다.

차석 일등 항해사는
바람을 등지고 달리면 작은 건물 뛰어 넘고,
배의 발전기만큼이나 힘이 세고,
던진 히이빙 라인**)보다 더 빠르고,
바다 위를 겨우 걸을 뿐,
가끔 하느님께 말을 건다.

항해사는
간신히 작은 건물 비켜가고,
윈치로 줄다리기에 지쳐 버리며,
히이빙 라인을(어쩌다)던질 수 있고,
헤엄을 잘 치며,
하느님 마음에 들기도 한다.

---

*) 구명줄을 멀리까지 던지는 줄쏘기 총
**) 히이빙 라인heaving line: 배 또는 계류장등에 큰 밧줄을 던지 기 위해 먼저 던지는 가는 밧줄

이등 항해사는
작은 건물 뛰어넘으려다 무너지고,
앵커 윈치*)에 힘이 달려 지는 수도 있고,
다치지 않고 히이빙 라인을 다룰 수 있고,
개헤엄 치며,
혼자 말을 한다.

삼등 항해사는
문 앞 층층대에서 넘어지고,
기차를 보면 칙칙폭폭 좋아하고,
장난감 권총을 갖고 놀고,
진흙 웅덩이에서 뒹굴고,
동물에게 말을 건다.

갑판장은
높직한 건물 들어 올리고,
그 밑을 걸어간다.(예선曳船도 대지 않고)
배를 잔교棧橋에서 밀어 떼어 낸다,
발사삭發射索을 이로 물어 잡고,
한번 눈을 흘기면 바다는 얼어붙고,
입을 다물고 있다.
갑판장은 하느님이다.

「보슨(Bosun)**)이 최고야」

구전되어 온 까닭에 작가미상인 이 시의 특징은 선장서부터 하급
사관까지 선원 모두를 칭송하고 있다는 점이다. 특히 갑판장을 두드
러지게 부각시켜 노련한 선원의 중요성을 인식시켜 준다.
　선박이 운항중일 때 사관들은 하루에 두 번 4시간씩 당직을 서야

---

*) 앵커 윈치Anchor Winch: 닻을 감는 기계
**) 대형선의 갑판장

한다. 휴게실에서 쉬고 있던 선장이 3항사 당직 때는 거의 어김없이 브릿지에 올라가곤 하던 것을 본 적 있다. 그것은 3항사를 못 미더워서가 아니라, 아직도 미숙에 대한 우려 때문일 것이다.

5. 뱃사람의 기백氣魄

a. 오기傲氣와 호기豪氣의 조우

선원의 의식구조를 알려주는 특이한 일화가 있다.

1969년 한국일보는 신춘문예 당선작으로 인도양 태풍인 '사이클론'을 맞아 침몰한 원양어선 선원의 표류과정을 그린 천금성*)의 단편소설 「영해발부근零海拔附近」을 선정했다.

그 후 40여년이 흐른 2010년 1월에 작가의 30편에 달하는 소설집의 최종편으로 출간한 해양소설 『불타는 오대양』에 마치 회상이라도 하듯이 그 당시를 떠 올리고 있다

> 그 동안 나는 지난 번 10호 좌초 현장에서 초고를 잡은 채 지금 껏 묵혀두고 있던 노트를 꺼집어내 찬찬히 원고지에 옮기기 시작했다. 낮이면 갑판에 엎드린 채 썼고, 밤이면 해도실의 흐릿한 불빛에 의지했다. (...) 나는 그 원고를 어느 중앙지 신춘문예에 응모할 생각이었으나 주소를 확인할 길이 없어서 그저 수신인으로 "대한민국 서울 한국일보사 앞" 이라고 영문(英文)으로 적은 다음 항공우편으로 발송할 수밖에 없었다. 나는 물론 자신이 있었다. 그것은 원고를 넣은 봉투 속에 '당선소감' 과 함

---

*) 천금성: 해양소설가, 1941~2016, 부산 출생, 서울농대 임학과 졸업, FAO 특설 한국원양어업훈련소 항해학과 수료, 한국소설문학상 수상, 창작집 『허무의 바다』외 30권

께 수상 대리인까지 지명한 메모를 첨부한 것으로 증명된다. (사진은 해기사 수험표에 붙어 있던 것을 떼어냈다.) 당시 내가 쓴 당선소감은 대략 다음과 같았다.- 먼저 선에 올려주신 심사 위원 여러 선생님들께 감사의 뜻을 전합니다. 저는 지금 원양어 선 갑판에서 이 글을 쓰고 있습니다만,이 처럼 험난한 파도 속 에서도 틈틈이 습작을 할 수있다는 게 얼마나 고마운지 모르겠 습니다. 돌아가는 날까지 열심히 고기나 잡겠습니다.... (....)

그리고 연초를 훨씬 넘긴 1월9일의 일이었다. (...) 마침 통신 장이 수신기로부터 흘러나오는 모스 부호를 받아 적고 있는 것 을 보고 무슨 내용인가 어깨 너머로 훔쳐보았더니- 신춘문예 당 선을 축하함.- (...) 다음날 본사에서도 축하전문이 날아옴으로써 당선은 기정사실이 되었다.(...)조업을 마치고 부산으로 귀국한 것은 1970년 4월 말이었다. (...)영도 조선소에 닻을 내린 날, 일 단의 간부들을 대동한 이학수 사장이 배로 올라와 2항사인 나 부터 찾았다. "자네가 회사의 명예를 드높였네." 나의 신춘문예 당선을 두고 하는 말이었다. 그러더니 선주는 수행한 윤 상무에 게 당장 선장으로 발령을 내리라고 지시했다. 그렇게 하여 나는 2년 전 부산항을 떠날 때의 두 가지 다짐 -작가에로의 데뷔와 선장이 되겠다는 두 가지 다짐을 한꺼번에 이루어냄으로서 "평 생 황금과는 인연이 없는 해양작가" 의 길로 들어서게 되었다.

『불타는 오대양』제호 위에 - 해양작가 千金成의 체험적 항해기-라 고 부제를 단 만큼 자서전에 속하므로 전편을 일인칭으로 서사하고 있다. 작가의 이러한 기행奇行은 주변인들(해양문학계)에게는 잘 알 려진 일화다. 소위 오기를 부린 것이다.

그러나 아무나 할 수 없는 이 오기에서 뱃사람들이 왜 강인한지를 옅 볼 수도 있다. 나이는 한 살 아래였어도 천금성과 절친했던 선장 시인 김성식*)은 오기를 호기로 승화시킨다.

---

*) 김성식: 1942~2002, 함경남도 이원출생, 한국해양대학교 항해학과 16기 졸업, 승선 33년 동안 수 백편의 해양시를 남김.

b. 해양시성海洋詩星*) 김성식

배를 타다 싫증나면
까짓것
淸津港導船士청진항도선사가 되는 거야

오오츠크해에서 밀려나온
아침海流해류와
東支那에서 기어온
저녁 해류를
손끝으로 만져가며

회색의 새벽이
밀물에 씻겨 가기 전
큰 배를
몰고 들어갈 때

신포 차호로 내려가는
명태잡이 배를 피해
나진 웅기로 올라가는 석탄 배를 피해
여수 울산에서 실어 나르는
기름배를 피해

멋지게 배를 끌어다
중앙 부두에
계류해 놓는 거야

오고 가는 배들이
저마다 메인 마스트에

---

*) 2002년 봄, 시인이 타계한 얼마 후 월간 『해기(海技)』지 추모특집 기고문에 처음으로 사용하였다.

태극기 태극기를

새벽 별이 지워지기 전
율리시즈의 항로를 접고서
에게 海해를 넘어온 항해사
태풍 속을 헤쳐 온 키잡이
카리브를 빠져온 세일러를 붙들고

주모가 따라주는 텁텁한 막걸리
한 사발을 건네면서
여기 청진항이 어떠냐고
은근히 묻노라면

내 지나온 뱃길을 더듬는 맛
또한
희한하겠지

까짓것
배를 타다 싫증나면
청진항 파이롯 되는 거야

「淸津港청진항」(발췌)

이 시는 1971년 조선일보 신춘문예 시부詩部 당선된 시인의 대표
시이다. 승선 경력 33년간의 선상체험을 바탕으로 시작詩作에 몰두해
온 세계 해양문학사상 유일한 선장시인으로 알려져 있는 만큼 그의
시는 직접체험에 의한 시, 바다에 뛰어든 시이다.
　선원들은 육지보다 바다에 나가있는 기간이 훨씬 길다. 따라서 대
부분의 시상詩想 도 항해 중인 선상에서 떠 올리게 되기에 시풍詩風은

율동적인 바다의 물결에 선원의 기질을 실어 경쾌히 흐른다. - 시인이 선장일 적에 2항사를 지낸이가 배 모는 것 보다 시 쓰는데 더 골몰하는 것 같더라고 일러 준 적 있다. -

또한, 도선사Pilot는 자격요건이 6천 톤 이상의 배를 선장으로 5년간은 타야만 응시할 수 있는*) 선박직 최고의 자리를 "까짓것" 으로 호기를 부렸다. - 이 기발 난 시어에 대해 2001년 늦가을, 투병생활로 홀쪽 야윈 두 뺨에 마치 개구쟁이 같은 미소를 지으며 "그 당시(신춘문예 당선) 서울 문단에서 난리가 났었다" 고 회상하던 모습이 떠오른다. -

이런 호기는 시인의 호방한 기질에 기인한다 하더라도, 항상 역경을 헤쳐 나가는 뱃사람 특유의 낭만적인 호기이다.

시인이 타계한 후, 한국해기사협회(회장: 박찬조)와 한국해양문학가협회(회장:황을문)가 주축이 된 '선장시인 김성식 추모사업회'가 결성되었다. 우선 4권의 시집을 한데 묶어 623쪽 분량으로『해양시인 김성식 시전집』을 펴내고 '청진항 도선사'를 원용한 '천상항天上港 도선별이 되어' 란 제하題下로 발간사에 이렇게 써 두었다. "항해자는 별을 보고 항해한다. 밤하늘의 별들이 모든 배와 선원들을 안식처로 인도하기 때문이다. 누구보다 별을 사랑했고 청진항 도선사가 되기를 갈망했기에, 님은 7대양의 모든 배들을 안전하게 항구로 인도하는 천상항天上港의 도선별이 되어 있으리라..."

이후 추모회는 국내에 수많은 시비詩碑가 세워져 있지만, 해양시비로는 최초가 될 시인의 시「겨울바다」가 새겨진 시비를 모교인 한국해양대학교 교정에 건립했다.

---

*) 그 당시는 지금보다 훨씬 더 엄격한 20년 이상 승선 경력자 만 응시할 수 있었다.

2016년 파란 많던 일생을 살다간 파랑巴浪(천금성의 호)과 해영海影(김성식의 호) 두 선장이 천상항에서 '오기와 호기' 덕분에 나란히 신춘문예에 당선된 것을 자축하며, 두 기를 한데 모아 수많은 배와 선원들을 안전한 곳으로 인도하고 있을 것이다.

― 또한 이들은 동·서를 막론하고 현재까지 바다에서의 직접체험이 가장 많은 작가에 속한다. 게다가 열정적인 창작활동으로 많은 작품들을 바다에서 건져 육지에 올려놓았다. 그 작품들이 엮어내는 이야기들이 보들레르의「인간과 바다」에서처럼 바다에 대한 '사랑과 미움' 그리고 '삶의 투쟁'으로까지 생동감을 주는 것도 이런 사실에 기인한다. 생떽쥐뻬리나 앙드레 말로가 전시에 직접 참여한 행동주의적 문학에 의해 앙가주망(engagement:참여문학)가로 칭송받고 있는 것도 그들 작품의 비중을 떠나, 극한 상황에서 직접 체험을 문학으로 승화시키는 작가가 그만큼 흔치 않기 때문일 것이다. 바다는 바다 일에 종사하는 이들에게는 생과 멸의 양면성을 지닌 전장戰場이라고도 할 수 있다. 바다 지킴이 해군에겐 더욱 그러하다. 두 선장작가는 그 전장에 펜을 들고 뛰어들었다. 이런 점에서 훌륭한 해양문학 작가들도 많지만, 특히 이들은 멜빌과 콘래드와 함께 직접 행동에 의한 '해양참여문학가'로 재인식되어야 할 당위성이 여기에 있다. 이들에 대한 재인식은 지금도 우리 연안의 어선과 함정, 원양어선과 7대양에서 상선에 종사하고 있는 선원 등, 바다의 모든 역군役軍들에게 해양문학을 인식시킴은 물론 창작의욕을 북돋우는 계기도 될 것이다. 이러한 인식의 전환을 통한 해양문학의 저변확대는 바로 바다와 수산, 해운산업 풍요에도 기틀이 된다는 점은 결코 간과될 수 없는 사안이다. ―

6. 항구와 등대

　모든 뱃사람에게 있어서 천상항이던 실제의 항이던 간에 항구만큼 소중하고도 안락한 곳은 없다. 김미진*)은 프랑스 시인 35 인의 해양시 한 편씩을 우리말로 옮기고 해제解題를 달아 '바다로 가는 서른다섯 가지 방법'을 소개했다. 그 중 17번째에 앙리 케펠렉(1910∼1992)의 초 단편 시 한 편이 들어있다.

> 마치 빨래들처럼 걸려있는
> 어둠 속 배들의 불빛...
> 잠이 깬 등대가 눈꺼풀을 반쯤 열고
> 잠든 배들을 잠시 응시한다.
>
> 　　　　　「항구」

이 시의 해제에서 옮긴이는

"20세기 최고의 프랑스 해양소설가라 할 수 있는 그는 15편
에 이르는 소설 대부분에서 고향 브르타뉴의 바다와 브르타뉴
사람들을 이야기 한다. 첫 시집『가장자리에서』에 수록된 위의
시는 고향에서 먼 스웨덴의 한 대학에서 교편을 잡고 있을 때
쓴 것이다. 아무리 멀리 있어도, 아무리 세월이 지나도 또렷하
게 생각나는 고향바다의 모습 덕분일까? 그가 그려내고 있는 밤
바다 풍경에는 군더더기가 하나도 없다. 단 네 행의 시로 그는
우리에게 고향부두의 풍경을 보게 한다. 바로 좋은 시가 가지는
마술 같은 힘이다."

라고 동감이 가는 칭송을 하고 있다. 여기에 사족蛇足을 조금 달아
보면, 항구의 선박 계류장에 계류되어 있는 배들의 모습은 보는 이
에 따라 느낌이 다를 수 있다. 주로 소형 화물선이나 어선의 경우 갑
판위에서 조업하기 위해 이물에서 고물쪽으로 전선을 치고 전등을
촘촘히 달아 둔다. 배들마다 일정한 간격을 두고 전등을 걸어 둔 모
습의 묘사로 보이지만 '빨래들처럼' 은 좀 특이하다. 또한 항구의 등
대는 위치 알림이 역할을 하므로 광도가 밝지 않고 몇 초 간격으로
점멸한다.

그래서 '잠이 깬 등대가 눈꺼풀 반쯤 열고 배를 잠시 응시' 하는
것이다. 이처럼 항구의 밤 정경에 대한 동경을 떠나 항구의 존재 의
미를 부각시킨 시도 있다. 누구나 만나면 헤어져야만 하는 것이 인
생의 가장 슬픈 숙명이지만, 항구는 그 '숙명의 반대현상'이 연출되
는 곳이기도 하다. 이와 같이 항구가 떠나기 위한 곳만이 아니라 돌

---

*) 프랑스 툴루즈 II 대학 문학박사. 저서『바다로 가는 서른다섯 가지 방법』,『프랑스 문학으로 다시
쓰는 바다 발견의 역사』현재; 알리앙스 프랑세즈, 부산대학교 강사

아오기 위한 곳이란 관념을 샤를르 보들레르(Charles Baudelaire, 1821~1867, 프랑스 시인)는 항해자들의 큰 안식처 항구의 정경묘사를 통해 동경의 또 다른 면도 보여주고 있다.

> 항구는 삶과의 투쟁에 지친 영혼에게는 매혹적인 체류지이다. 탁 트인 하늘, 이동하는 구름들의 건축물, 수시로 변화하는 바다의 색조, 등대의 섬광들은 그것들을 바라보는 눈에 결코 진저리나지 않게 독특한 즐거움을 주는 경이로운 프리즘이다. 복잡한 선구들을 싣고, 큰 물결에 조화롭게 동요하는 우뚝 선 배들의 형상은 리듬과 아름다움에 길이 든 영혼을 유지토록 해 준다. 그리고 특히 아무런 호기심이나 야망도 없이 해변의 망루에 눕거나, 방파제에서 팔꿈치를 괴고 명상에 잠겨 있노라면, 출항하는 사람들과 귀항하는 사람들, 아직도 여행을 떠나거나 부자가 되고 싶은 강한 욕망을 가진 사람들의 그 모든 움직임은 일종의 신비롭고 귀족적인 쾌락이 된다.
>
> 「항구」

항구는 모든 항해자에게 안식과 안도의 상징이 되는 곳이며, 누구나 만나면 헤어져야만 하는 것이 인생의 가장 슬픈 숙명이지만, 항구는 그 '숙명의 반대현상'이 연출되는 곳이기도 하다. 따라서 항구에서 '떠남'은 '돌아옴'의 기약期約이 되는 곳이다. 모든 항해자는 '재회를 위해' 떠나는 것이다. 이런 관점에 의해 '떠나는 자'는 '돌아오는 자'와 동일하기 때문에 '항해하고픈 강력한 욕구'도 유발된다.

그러나 항해자의 마음을 풍요롭게 해주는 것은 떠남보다 돌아옴이고, 항구의 '등대'와 '방파제'는 이러한 무사귀환의 기쁨을 가장 먼저 확인시켜주기에 보들레르는 자신을 방파제에서 팔을 괴고 명상에 잠겨 항구를 동경하는 사람으로 비유하고 있다. 이렇듯 떠남과 돌아옴이 연속적으로 이루어지는 장소인 항구는 언제나 고요함 속

에서 동요하고, 그 동요는 '신비한 쾌락'을 느끼게 하는 생명의 동요
인 동시에 '삶에 찌든 영혼'을 달래 준다. 이런 의미에서 보들레르의
항구에 대한 인식은 바로 바다에 대한 인식이 되는 것이다. 등대 없
는 항구는 없듯이 등대를 예찬하지 않는 이도 없다. 쥘 미슐레 (Jules
Michelet. 1798~1874 프랑스 역사가, 문필가. 1861년에 출간된 『바다』
를 통해 멸종생물을 옹호)는 전 4부로 구성된 『La MER: 바다』의 제
1부 <바다를 바라보며> 편에서 등대를 별다른 해제 필요 없이 다음
과 같이 칭송하고 있다.

　　(...)현대 문명은 반가운 관용으로 평화의 탑들을 세웠다. 예
술가의 눈에도 숭고해 보이며 언제나 가슴을 두드리는 아름답
고 고상한 기념물이다. 금빛, 은빛을 발하는 다채로운 색조의
그 별빛 같은 불빛은 이 땅에서 '인간의 섭리'로 그려낸 유익한
창공을 비춘다. 별 하나 뜨지 않은 밤 선원은 여전히 그 불빛을
보고 그 우애友愛의 별을 보고 또 보면서 용기를 낸다. ～
　　우리는 친구 같은 등대 불빛 아래 즐겨 앉아 있곤 한다. 오래
되지도 않은 것이 벌써 사람들을 구했다며 칭송받는다. 거기에
서 추억도 새록새록 쌓인다. 그것을 둘러싼 아름다운 전설은 사
실이다. 세월이 흘러 그것이 신성한 옛날이야기가 되는 데는 두
세대면 충분하다. 어머니는 아이들에게 이런 말을 들려주리라.
"이 등대가 네 할아버지를 구했단다. 할아버지가 안 계셨으면
너희들이 태어났겠니?"
　　귀향을 살피는 걱정 가득한 여자들이 얼마나 이곳을 찾던가!
저녁에도, 밤중에도, 이 구원의 빛이 멀리까지 비춰 부재중인
사람을 무사히 항구로 데려오기를 빌며 앉아 있는 여자들을 볼
수 있다. 옛사람들은 당연히 이 신성한 돌을 인간을 구하는 신
의 제단으로 섬겼다. 폭풍우 속에서 마음을 조이는 사람에게 그
런 일은 여전하다. 밤의 어둠 속에서 울며 기도하는 여자는 등
대에서 제단과 하느님까지 보게 된다.

7. 달과 바다

바다는 달의 인력에 의해 움직인다. 그래서 어부들은 양력이 아니라 음력을 쓴다. 그 바다위에 비치는 달빛만큼 멋진 광경이 있을까! 바로 달 밝을 랑朗 해랑이다.

떼오필 고띠에(Théophile Gautier; 1811~1872, 프랑스 시인)의 다음 시에서 이런 정경을 찾아보자.

> 드높은 창공에서 달님이
> 손에 든 오색五色 찬란한 큰 부채를
> 잠시 방심한 사이
> 바다의 푸른 융단 위에 떨어뜨렸소.
>
> 건지려고 달님은 몸을 숙여
> 은빛 고운 팔을 내밀었으나
> 부채는 흰 손을 빠져나가
> 지나가는 파도에 실려 나갔소.
>
> 그대에게 부채를 돌려 드리기 위해,
> 달님이시여, 천 길 물 속에라도 뛰어들리다
> 그대가 하늘에서 내려오신다면
> 이 몸이 하늘로 올라갈 수만 있다면.
>
> 「바닷가에서」

최완복의 『프랑스 詩選시선』 중, 이 시의 해제에서 고띠에가 지중해의 스페인 휴양지 말라가Malaga 해변에서 쓴 시라 한다. 휴양지의 찬란한 불빛과 푸른 융단으로 은유된 잔잔한 밤바다 위에 달빛이 어우러진 "찬란한 큰 부채를 떨어뜨린" 것과 "달님의 은빛 고운 팔"은

강렬한 태양 빛과는 달리 은은한 달빛의 여성적인 이미저리(형상)이
다. 모든 물은 빛을 머금는다. 캄캄한 밤길에서도 희미해 보이는 곳
에 물이 있는 것은 물이 별빛을 머금고 있기 때문이다. 이것이 물과
모든 물의 총체인 바다의 포용력이기도 하다. 그 포용력이 밤에 태
양을 잠재우고, 빛을 잃은 바다 위에는 달빛이 은빛으로 반짝인다.
결코 잠들지 않는 바다가 달님이 내민 하얀 손을 부채가 빠져나가게
하는 것에서 주로 달에 의한 바다의 조석潮汐작용을 연상케도 한다.
따라서 이 시는 고요히 약동하는 밤바다의 미학美學이며, 불가능한
현실을 통해 달빛을 한껏 머금은 바다를 놓치고 싶지 않은 심정의
토로에서 낭만적인 분위기에 젖게 해 준다. 이와 같이 바다에 어우
러진 달빛의 낭만이 충무공의 『난중일기』에서는 장엄한 분위기로
표출되기도 한다.

> 5월 13일 맑다. 작은 산봉우리에 과녁을 쳐 매달아 놓고, 여러
> 장수들이 편을 갈라 활을 쏘아 자웅을 겨루다가 날이 저물어 배
> 로 내려왔다. 달빛은 배에 가득 차고 온갖 근심이 가슴을 치민
> 다. 홀로 앉아 이 생각 저 생각에 닭 울 때에야 풋잠이 들었다.

계사년(癸巳年: 1593, 선조26년) 5월에 공公의 나이 49세 때 쓴 이
일기문에서 주목할 구절은 "달빛은 배에 가득 차고"이다.『난중일기』
는 문학의 차원에서 볼 때, 우국충절憂國忠節의 정신과 지극한 효성을
간단명료한 필체로 기록한 우리나라 해양 수필문학 중 참여문학의
효시嚆矢라 해도 손색이 없다. 이렇게 고띠에의 시와 대비해 볼 적에
시대와 상황과 사람에 따라 낭만은 또 다른 양태로 나타날 수 있는
것이다. 단지 임진왜란이란 전시戰時 상황에서 충무공의 관심이 전함
인 배에 치중되었기에 '달빛이 바다 위가 아니라 배에 가득 찬' 것으

로 추정할 수 있는 것이다.

충무공의 전함인 판옥선에 가득 찬 달빛을 낭만으로 실어간 이가 있다. 이태백은 바다위에 뜬 달을 잡으려다 물에 빠졌지만, 양주동(1903～1977, 경기도 개성 출생, 국문학자, 시집『조선의 맥박』)은 2연의 마지막 행에서 해랑하는 바다 정경의 극치를 노래한다.

1
임 실은 배 아니언만,
하늘가에 돌아가는 흰 돛을 보면
까닭 없이 이 마음 그립습내다.

호올로 바닷가에 서서
장산의 지는 해 바라보노라니,
나도 모르게 밀물이 발을 적시웁내다.

2
아침이면 해 뜨자
바위 우에 굴 캐러 가고요.
저녁이면 옅은 물에서 소라도 줍고요.

물결 없는 밤에는
고기잡이 배 타고 달내섬*) 갔다가
안 물리면 달만 싣고 돌아가지요.

3
그대여,
시를 쓰랴거든 바다로 오시오—
바다 같은 숨을 쉬랴 거든.

---

*) 서해안에 있는, 이름 자체가 '달이 뜨는 섬'

임이여,
사랑을 하랴 거든 바다로 오시오—
바다 같은 정열에 잠기랴 거든.

「海曲三章해곡삼장」

8. 동경憧憬에서 낭만으로

　바다의 여러 가지 양태 중에 동경의 바다로 분류할 수 있는 바다가 산문보다도 더 절실한 느낌을 주는 것은 시라는 운문의 특성이 주된 원인이겠으나, 적절히 은유된 용어의 함축성에서 감동과 감상의 동감대를 형성하기 때문으로 생각된다. 거의 비슷한 뉘앙스를 풍기는 동경과 낭만의 바다에서 '바다를 늘 마음에 두고 그리워하는 태도'를 동경으로 본다면, 동경의 다음 단계로 '이상적인 바다를 정서적으로 즐기는 태도'를 낭만으로 분류할 수 있다. 해양문학 작품은 물론이고, 비록 해양문학의 범주에 속하지 않는 작품이라 할지라도 바다에 대한 동경과 낭만을 나타낸 작품들이 가장 많다고 단언해도 과언은 아니다. 그 이유는 문학이라는 하나의 제약을 떠나, 바다를 그리는 인간본연의 자발적인 심리상태가 문학이라는 양식을 빌어 그 속에 용해될 수 있기 때문이다. 순수한 우리말 '바다'란 용어에 대해 김열규(인제대학교 교수)는 다음과 같이 설파說破했다.

　"한국어, '바다'는 정말 절묘하다. 자음을 떼어버리면 바다는 '아아'가 되기 때문이라고 지나간 시대의 한 작가는 감탄해마지 않았다. '아아'는 감탄사가 둘 겹치게 된다. 사람에 따라서는 '아아, 넓다'가 되는가 하면 또 다른 사람에 따라서는 '아아, 영원

한 자유여' 라고 감탄케 하는 것, 그것이 다름 아닌 '바다'요 '아
아'다"

사실 그런 것이다. 광활 무비한 바다를 대하는 인간은 '아아' 라는
감탄사 뒤에 할 말을 잃게 되고 단지 인간의 감성으로 동경하며, 낭
만을 느끼게 되는 것은 자연적인 현상이라 해도 과언은 아니다. 또
한 '바다'를 한 번 불러본 후에도 입이 다물어지지 않는 것은 감탄의
극치에 속한다.

따라서 어떤 장르에 속하든 간에 문학 속에 용해되어 있는 바다를
동경과 낭만의 바다로 분류하자면, 바다를 긍정적인 시각으로 묘사
한 작품이나 대목 모두 이에 속할 수 있다. 따라서 그 중에서도 동경
과 낭만이 가장 두드러진 작품이나 대목들만 부분적으로 발췌, 분류
하는 것이 타당할 것이다. 시의 경우와는 달리 소설에서는 전편이
동경과 낭만으로만 구성되기는 힘들다. 「모비 딕」에서 멜빌(Herman
Melville, 1819-1891, 미국작가)의 바다를 보자.

> 나는 실제로 배를 탄다. 이것은 조금도 놀랄 일이 아니다. 정
> 도의 차이는 있겠지만, 사나이라면 나처럼 바다로 나가고 싶은
> 생각을 가졌을 거다. (...) 바다를 그리워하는 무리들을 보아라!
> (...) 바다를 향해 곧장 뛰어들기나 하듯이 더 많은 무리들이 몰
> 려온다. 얼마나 이상한 일인가! (...) 아니, 그들은 물에 빠져 죽
> 지 않는 한 되도록 바다에 가까이 가려는 것이다. (...) 도대체
> 왜 그럴까? 배의 나침반 자력이 이들을 끌어들인 것일까?

위의 인용에서는 특이한 사유도 없이 순수한 마음의 움직임에 의
해서 배를 타는 사람이 이슈메일 혼자에게만 국한된 것이 아니고
'무리들'로 표현된 집단적인 동경의 대상이 바다란 점이 부각되고

있다. 그러나 동경의 이유가 모호하므로 이것은 '의식된 동경'이 아니라 바다에 대해 무의식적으로 느끼게 되는 '무의식적인 동경'이 되는 것이다. 바다에 대한 집단적인 동경이 무의식적인 동경이라 함은 구스타프 융(C. G. Jung, 1875～1961, 스위스 심리학자)의 『무의식 분석』에서

집단적인 무의식은 객관적으로 심적心的인 것을 표현하며, 이에 반해 개인적인 무의식은 주관적으로 심적인 것을 표현한다.

는 말에서처럼 여기서의 무의식적 동경은 객관과 주관이 분리된 것이라기보다 '양자가 합일合—된 무의식'에 속한다고 볼 수 있다. 이는 바다를 동경하는 육지 사람들 중에 이슈메일 자신도 포함되어 작중作中 인물 중에서 단순히 화자話者의 역할만 담당하는 것이 아니고, 무의식적으로 바다를 동경하는 무리들과 함께 바다로 나가기 때문이다. 이러한 무의식적인 동경에 대해 모 일간지에 기고했던 다음 글을 볼 필요도 있다.

우리는 왜 바다로 나가는가? 여기서 '우리' 란 바다에 종사하는 사람뿐만 아니라 인류라고 불리는 인간 모두를 포함해야 되겠지만, 우선 바다에 종사하는 사람들로 한정해서 생각해 보자. 우리는 한 번 나가보았던 바다에 왜 또 나가곤 하는가? 보물섬을 찾는 것도 인어의 전설을 확인하려는 것도 아니고 바다의 낭만을 즐기려는 것도 한 두 번이면 족할 수 있다. 산에 왜 오르느냐는 물음에 "산이 거기에 있으니까." 라는 어느 등산가의 말처럼 "바다가 있으니까." 라고 답한다면 마치 고승의 화두話頭 같아서 "왜?" 라는 질문을 거두어 들여야 하겠으나, 우리는 수도하는 도사가 아니라 생활하는 생활인이라 그것도 물론 아니다.
왜 가족과 안정된 육지를 떠나, 고독과 불안정한 흔들림 속에

육신을 맡겨두고 생명의 위협까지 감내하면서 모험 아닌 모험의 길을 떠나는 것일까? 10여 년 전에 달포 가량 원양항해 실습선에 편승한 적 있었다. 겨울철 북서계절풍이 몰아치는 동·남 지나해에서 3천 5백 톤 급 실습선은 문자 그대로 일엽편주였고, 롤링과 피칭 같은 영어쓸 것 없이 우리말로 마구 흔들어대는 선실에서 견디어 내기는 무척 힘들었다. 그런 와중에서도 반백이 다된 한 선원이 유난히 밝은 표정에 나지막이 콧노래까지 곁들이고 열심히 일하고 있는 모습을 보고 일종의 존경심과 함께 기이함까지 들어 넌지시 그 비결을 물어 보았다.

"글쎄요… 반평생동안 배를 타면서 다시는 배를 타지 말아야지 라고 다짐했던 것이 한 두 번이 아닙니다. 더욱이 요 며칠 같은 황천항해 끝에는 더욱 그랬지요. 한데 그리던 육지에 내려서 두어 달 지내다 보면, 왠지 모르게 바다가 그리워지기 시작하고 나중에는 몸살 비슷한 증세도 생겨서 다시 바다로 나오게 되더군요. 일단 바다에 나오면 찌뿌듯하던 몸살기도 싹없어집니다."

옆에 있던 다른 선원이 이 분이 한때 뱃일 집어치우고 아내가 권유하는 육상직업을 가졌던 일도 있다고 귀띔해주었다. 그 선원의 비결을 탐지해서 내 것으로 만들려던 배 멀미 환자의 의도는 수포로 돌아갈 수밖에 없었고, 그 사람은 전문 직업인이니까 그러려니 하고 제 나름대로 해석할 수밖에 별 도리가 없었다.

그러다가 귀국한 지 몇 달쯤 후에 야릇한 정겨움과 함께 다시 바다로 나가고 싶은 충동이 생겨 깜짝 놀랐는데, 그도 그럴 것이 원양항해 끝나던 날 부두로 마중 나온 가족들에게 제일 먼저 내뱉은 말이

"아이쿠, 사람은 그저 땅에 발붙이고 살아야지…"

이였으니 자신에게 놀랄 수밖에 없었던 것이다. 그 후로는 왜 사나이들은 바다로 나가는가? 라는 의문이 항상 뇌리를 떠나지 않았지만 그렇다고 아무 선원이나 붙들고 소크라테스 처럼 꼬치꼬치 묻고 다닐 수도 없는 일이라, 작가 멜빌에게 물어 보기로 작정했다. 그 까닭은 『모비 딕』을 집필하기 이전에 작가자신이 선실급사로 시작하여 포경선 선원생활도 하다가 수병으로도 복무한 경력 등으로 실제경험이 풍부해 어떤 실마리를 찾기에 첩경이라고 생각되었기 때문이다.

이제 우리 주변의 이야기를 떠나 19세기 중엽 '흰 고래'가 놀던 시절의 미국으로 가 보자. 방랑자 이슈메일은 "마음에 도사린 우울증을 날려버리고 혈기를 되찾을 수 있는 가장 좋은 방책으로 바다에 나간다." 고 전제한 후 다시 "더욱이 울적한 마음으로 괴로움을 참지 못하고 도덕적으로 어지간히 강한 자제심이 없다면 거리로 뛰쳐나가 고의적으로 남이 쓰고 있는 모자라도 벗겨 던져버리고 싶은 충동이 일어 날 때 나는 바다에 나간다." 라고 제 1장에서 술회하고 있다. 그러나 위의 이유를 요약하면 '우울하고 답답할 적에 나간다.' 라고 만 되어 있지 왜 하필이면 바다로 나가는지에 대한 명쾌한 해답은 얻을 수 없다. 그런 연유인지 몰라도 제 1장의 제목이 영어판에는 루밍스 Loomings로 되어 있고, 불어판에는 미라주Mirages로 되어 있다. 미라주는 프랑스제 전투기 이름이기도 하지만, 원 뜻은 신기루이다.

결국 제 1장의 제명題名은 사나이들이 바다로 향하여 구름같이 몰려드는 이유에 대해, 구름 잡는 해답밖에 없기 때문이 아닌가 한다. 여기서 어렴풋한 환상이란 말이 사나이들이 바다를 동경하는 이유가 확실치 못하다는 뜻으로 볼 수 있다면, 19세기 미국 선원들이나 20세기 말엽의 한국선원이나 '왠지 모르게' 바다로 나간다는 점에서는 시간과 공간을 초월해서 일치하고 있는 셈이다. 이 공통점에 대한 필자의 견해는 바다의 본질이 제시되지 않았기 때문으로 생각된다.

바다의 본질은 육안肉眼에 의한 영역과 심안心眼에 의한 상징적 의미를 지닌 두 영역이 있다. 여기서 바다의 상징적인 의미란 '바다가 지닌 모성母性적인 특성'을 지칭하는 것이다.

바다의 모성은 마음의 눈으로 보아야 한다. 다시 말해서 그저 바라보는 바다가 아니라 생각하는 바다가 되어야 하고, 국토의 삼면이 바다인 우리에게는 이러한 관점의 전환이 더욱 절실하다. 바다의 본질이 올바르게 인식된다면, 현재 당면과제로 대두되어 있는 해양오염, 자원남획에 따른 고갈현상, 무자비한 해안매립 같은 부정적인 요소와 해양 전반에 걸친 개발과 연구라는 긍정적인 측면이 동시에 해결될 수 있을 것이다. 적어도 우리의 연안만큼이라도 우리가 지키고 보존해 나가야만, 우리들에게 이 아름다운 금수강산을 영구히 물려주신 선조님들과 한시적으로 잠시 빌려 준 후손들에게 떳떳하지 않겠는가!

-바다로 나가는 이유-

이와 같이 『모비 딕』 제1장에서 멜빌의 바다가 객관과 주관이 합일된 동경의 바다라면, 헤밍웨이의 바다에서는 주관적인 동경이 보다 은밀하다.

> 그는 항상 바다를 "라 마르la mar"라고 생각했다. 이 말은 사람들이 바다를 사랑할 때 쓰는 스페인 말이다. 때때로 바다를 사랑하는 사람들이 바다에 대해 나쁘게 말하는 일도 있으나, 그럴 때에도 노인은 바다를 여성으로 불렀다. 그러나 젊은 어부들, 특히 낚싯줄을 물에 뜨게 하려고 고무 부이를 사용하거나, 상어 간으로 돈을 많이 벌어서 모터보트를 사들인 사람들은 바다를 남성으로서 "엘 마르el mar"라고 불렀다. 그들은 바다를 마치 투쟁의 대상이나 일터, 혹은 적으로까지 생각하며 불러왔다. 그러나 노인은 항상 바다를 여성으로 생각했고, 큰 호의를 베풀거나 간직하고 있는 것처럼 생각했으며, 바다가 사납거나 나쁜 짓을 하는 것은 바다로서도 어쩔 도리가 없기 때문인 것으로 여겼다. 그는 달빛이 여자들을 감동시키듯이 바다를 동요시킨다고 생각했다.

해양소설로서는 유일하게 노벨 문학상을 수상한 것으로 알려진 『노인과 바다』에서 헤밍웨이의 바다는 거의 전편에 걸쳐 동경 속에 빠져 있다. 독노獨老어부 산티아고는 바다뿐만 아니라 바다 생물들, 심지어는 자기가 잡은 고기에까지도 연민의 정을 보낸다. 오직 그가 싫어하는 것은 자연에 대해 사악한 인간과 상어로 은유된, 자연을 파괴하는 현대인들이다.

　－ 라틴어를 모체로 하는 프랑스어와 스페인어는 그 체계가 비슷

하다. 특히 명사를 남·여성으로 구분하고 문법에서 명사 앞 관사에 대한 성별의 구분은 매우 엄격하다. 즉, 남성 명사 앞에는 반드시 남성 관사를, 여성 앞에도 반드시 여성 관사를 붙이도록 문文의 법法으로 정해 놓았다. 스페인어에서 바다는 남성으로 엘 마르el mar지만, 노인은 문학에서나 때때로 여성으로 표기하는 바다를 친밀감을 더하는 여성인 라 마르la mar로 여긴다. 여기서 헤밍웨이의 대자연인 바다에 대한 친화사상을 읽을 수 있다. —

상어 간으로 돈을 많이 벌어서 모터보트 타고 거드름 피우는 젊은 어부는 바로 이러한 현대인의 비유인 것이다. 따라서 에이헵의 파멸과 마찬가지로 뼈만 남긴 거대한 고기는 대자연인 바다에 대한 인간의 무모한 도전과 과욕의 표상表象도 된다.

영국이 (a poet of the sea) 라고 자랑한다는 해양시인 존 메이스필드의 대표적인 시 전편을 보자.

해수海愁

나는 바다로 다시 가련다, 저 호젓한 바다와 하늘을 찾아서
내 바라는 것은 높직한 돛배하나, 길 가려 줄 별 하나,
그리고 파도를 차는 키와 바람소리 펄럭이는 흰 돛,
바다 위의 뽀얀 안개 먼동 트는 새벽뿐일세.

나는 바다로 다시 가련다, 달리는 바닷물이 부르는 소리
거역 못할 거센 부름, 맑은 목소리 좇아서;
내 바라는 것은 흰 구름 흐르고 바람 이는 날,
흩날리는 물보라, 흩어지는 물거품,
그리고 갈매기 떼 우짖는 소리뿐일세.

나는 바다로 다시 가련다, 정처없이 떠도는 집시의 삶을 찾
아서,
　갈매기 날고 고래 물 뿜는 곳, 매서운 칼바람 휘몰아치는 곳
으로;
　내 바라는 것은 껄껄대는 방랑자 친구들의 허풍 섞인 신나는
이야기와,
　그리고 지루한 당직(堂直) 끝에 늘어져 한숨 자며 꿈꾸는 달
콤한 꿈이로세.

이재우 *)는 영한대역시집 『영미 바다의 명시』를 펴내면서 -J.메
이스필드 서거 50주년을 맞이하여-라고 책 서문에 써두었다. 이 시
의 원제는 Sea-Fever 이고 Fever는 '열병'을 의미한다. 메이스필드는
바다에 대한 동경이 넘쳐 열병에 걸리고 저자는 시와 시인에게 취醉
해 향수鄕愁에서 수자를 원용, 제목을 해수海愁로 옮긴 것으로 본다.
　해수보다 『바다의 명시』중에 바다에 대한 동경을 직설적으로 표
출하고 있는 시도 있다.

　아아! 배를 타고 항해했으면!
　견딜 수 없는, 변화 없는 육지를 떠나 봤으면,
　재미없고 지겨운 차도, 인도 그리고
　집들을 떠나 봤으면,
　아아! 도무지 움직일 줄 모르는 육지, 그대를 떠나,
　배를 타 봤으면,
　항해했으면, 항해했으면,
　바다를 달렸으면!

　O to sail in a ship!

*) 이재우: 목포해양대 명예교수, 국제 PEN 한국본부회원,
　사)한국해양문학가협회 고문. 저서:『바다와 사람』,『바다와 문학』,『바다와 배 그리고 사람』외 여럿.

To leave this steady unendurable land,
To leave the tiresome sameness of the streets,
the sidewalks and the houses,
To leave you O you solid motionless land, and
entering a ship,
To sail and sail and sail!
「아아 ! 배를 타고 항해했으면 !」

  － 우리나라 고급 선원인 상선사관은 물론이고, 일반 외항선원들
도 외국선원들에 비해 학력 수준이 높다. 이들이 선박을 운항할 적
에는 일종의 기능인이지만, 일단 상륙하면 준 외교관의 역할도 한다.
상륙 후 이루어질 수 있는 각종 모임(파티)에서 노래도 좋지만 원어
로 시 한편을 낭송朗誦이라도 한다면, 개인은 물론이고 한국선원들의
이미지 향상에 도움이 될 것이란 것이 나의 경험이기도 하다. 이런
점은 비단 선원들뿐만 아니라, 외국에 나가는 모든 사람들에게도 해
당될 수 있다는 생각에서 이재우의 『바다의 명시』 중, 다른 시에 비
해 비교적 짧은 원시도 함께 실었다. － 이런 면에서 볼 때, 이재우의
『바다의 명시』집이 영한대역본으로 구성된 것과 영·미 해양문학소
개에 중점을 둔 것으로 생각되는 그의 『해양문학 산책』에서도 몇 편
의 원시를 소개한 점은 매우 그 의미가 깊다. 위의 시에서 보다시피
미국 근대시의 아버지로도 일컬어지고, 미국 최대의 시인으로도 추
앙 받는다는 월트 휘트먼(Walt Whitman: 1819~1892, 미국 시인)은
'배를 타고 바다로 나가지 못하는 원망을 통해 바다에 대한 동경'을
표출시키고 있으나, 이하석(1948, 경북 고령 출생)은 이와 상반되는
입장, 즉 '바다에 다녀온 후의 동경'을 나타내고 있다.

바다에 갔다 왔으니
이제 모든 일이 잘 될 거야.

시가 잘 쓰여질 거야.
사랑도 잘 풀릴 거야.

푸른 녹색의 힘으로 끓어 넘치며 파도는
나의 좌절과 우울과 소외, 그리고 헛된 절망을 씻어
빛냈으니

이제 모든 것들의 깊은 속으로 난 계단을
헛디디지 않고 잘 내려갈 거야.
바다에 바다에 하다가
바다에 갔다오니
며칠 동안은 뭇 망상들도 퍼덕이는 소릴 내고
티븨에 나오는 바다도 비애의 빛깔은 아니다.

「바다는 잠깐 동안 비애가 아니다」

이하석의 이 시도 휘트먼의 시와 마찬가지로 별 다른 해제解題를
필요치 않는 바다에 대한 동경을 삶에 희망과 기대로 보여주고 있
다. 어느 한 작품, 즉 장르의 구분 없이 바다에 대한 묘사 속에서 그
작품의 전체적인 내용이 비록 긍정적이라 하더라도 바다에 대해 부
정적인 용어들이 허다하게 사용됨으로써 작품에 박진감을 더해준다.
하지만 언어의 미학인 시에서는 부정적인 시어詩語보다 긍정적인 시
어가 훨씬 더 많이 등장하는 것은 바다의 궁극적인 이미지는 낭만이
기 때문일 것이다.

또한 샤를르 끌로(Charles Cros, 1842~1888, 프랑스 작가)는 우회적
이고도 간접적으로 바다를 동경하는 입장을 그리고 있다.

상선사관이 돌아온다.
검은 볼수염 날리며,
바닷바람을 가슴 가득 안고서
많은 배를 몰았다고 자랑을 한다.

상선사관이 돌아온다.
두 줄 금테 수장袖章 두르고,
고향집의 마뛰린느를 놀래 주려고
그에겐 아내가 가장 귀한 보물.

상선사관이 돌아온다.
그립던 그의 집이 다시 보고파,
날씬한 몸매에 자루는 가득,
그의 사과밭엔 사과가 담뿍.

얼른 다시 돌아가구려, 상선사관아,
그대의 사과나무들은 베어지고,
빈털터리 자루에, 깡마른 육신,
육지인들이 그대를 속여.

얼른 다시 떠나구려, 상선사관아,
기나 긴 여행을 위해.
그대의 볼수염은 하얗게 세고, 콧마루엔
세 번째 수장이 그어지리라.

「해변의 노래」

이 시는 항해자의 입장에서 볼 때 어떠한 상징성이나 은유도 없는
현실적인 시에 속한다고 할 수 있을 정도로 그 내용이 절실하다. 비
단 고급선원들뿐만 아니라 난바다에 종사하는 항해자들이 우려하는
상황을 그대로 표출시키고 있다고 본다. 기나긴 항해를 끝내고 그리

던 집으로 돌아오는 선원의 기대감, 그것도 이 세상 어디에도 비길 데 없이 값진 "보물 같은 아내"가 기다리고 있는 고향의 집은 원양으로의 항해를 체험한 이라면 누구나 동감할 수 있는 희망의 절정일 것이다. 그러나 현 사회에서 오랫동안 격리되고, 제한된 소사회에서만 생활해 온 선원은 육지의 현실에 대해 순박할 것으로 추정할 수 있다. 3연까지의 가슴 부푼 희망이 4연에 와서 "베어진 사과나무들"과 "빈털터리가 된 자루들"은 부富의 상실이고, "육지인들"이 자기를 기만한 것을 알았을 때 다시 바다로 돌아가는 것은 바다에서의 순수성 회복을 의미한다.

따라서 "볼수염이 하얗게 될 때까지" 즉, 영원히 바다로 되돌아가리란 것은 바다에 대한 '간접적인 동경'이 되는 것이다.

또 다른 동경의 형태를 에밀 베라렌(E. Verhaeren; 1855~1916, 벨기에 시인)의 시에서도 볼 수 있다.

바다! 바다여!
바다는 나의 이마로 삶을 느꼈던
꿈이요 전율이다.
바다는 폭풍 속에서 굳세어지고 고귀해진
내 생명을 만든 자존심이다.

내 피부와 손, 그리고 나의 머리카락이
바다를 느끼고,
그 빛깔이 내 눈 속에 어리며

내 몸 속에 흐르는 혈류血流는
바로 밀물과 썰물이다.

「부둣가에서」(발췌)

이와 같이 바다를 동경한다는 점에서는 베를렌느의 「지혜」와 동일하지만, 내용면에서 볼 때 그 동경의 양태가 마지막 두 행이 "밀물과 썰물"은 혈관 속을 흐르는 "혈류의 리듬"이라고 묘사한 것에서 바다와 인간의 합일감—感이 동경의 강도를 더 높여주는 효과를 얻고 있다. 지구의 70%가 바다이고 인체의 70%가 수분으로 구성되어 있으며, 우리 몸의 혈액을 이루는 혈장과 누구나 근 10개월간 살았던 양수羊水의 염분 농도가 바닷물의 염분 농도와 거의 비슷하다고 한다. 우리의 눈물 또한 혈장과 삼투압이 같다고 하니 이런 동질성은 바다와 인간의 관계에서 무언가를 시사해 주는 것이다.

스테판 말라르메(S. Mallarmé, 1842~1898, 프랑스 시인)의 바다에 대한 동경은 은유를 벗어나 사실적이다.

아 아! 슬프도다, 육신肉身은 서글픈 것! 나는 모든 책을 읽었노라. 떠나자! 저 먼 곳으로 떠나 버리자! 나는 미지의 거품과 하늘 사이에서
취한 새들을 느낀다.
내 눈에 비친 오랜 정원도, 그 무엇도
바다에 잠긴 내 마음을 잡을 수 없노라.
오 밤이여! 잡아두지 못 하리,
새 하이얀 백지 위에 쏟아지는
램프의 황량한 밝음도,
갓난아기 젖먹이는 젊은 아내도.
자아 떠나자! 선부船夫여, 그대 돛에 균형을 잡고,
이국異國의 자연을 향해 닻을 올려라!

잔혹한 희망으로 비탄에 빠진 권태는,
손수건의 고귀한 작별을 아직도 바라고 있구나!
그리고, 돛들에 폭풍우가 밀어닥치면,

항로를 잃고, 돛도 없이, 돛도 없이
풍요로운 작은 섬도 없는 곳에 난파하겠지…
그러나, 오 나의 마음아, 선원들의 노래를 들어라!

「바다의 미풍」

여기서 "육신"은 권태로운 육지생활의 은유이고, 육지생활에 염증을 느낀 탓에 바다를 단순한 도피처로만 간주하지 않는 것은 5행의 '바다에 잠겨버린 내 마음을 만류할 수 없다'로 드러난다.

또한 10행의 "이국의 자연"이 대양, 즉 '바다를 상징' 함으로써 16행과 더불어 바다로 향한 인간의 동경을 상징적으로 표출시키고 있는 것이다. 그러나 "갓난아기 젖먹이는 젊은 아내"를 두고 바다로 떠나는 동경의 길이 13행에서 15행까지 불안으로 나타나기도 하지만, 마지막 행에서 바다를 향한 동경을 확고히 하고 있다. 「항구」란 시를 통해 "방파제에서 팔을 괴고 누워 바다를 관조"하던 보들레르는 『악의 꽃』 중, 「인간과 바다」 편에서는 바다 전체를 관조하는 낭만을 보여 주기도 한다.

자유인이여, 언제나 너는 바다를 사랑하리!
바다는 네 거울이니, 너는 그 파도의
끝없는 전개 속에 너의 넋을 관조하노니,
네 마음 또한 그보다 덜 쓰지 않도다.

너는 즐겨 네 映像영상 품안으로 뛰어드나니,
눈과 팔로 그것을 포용하며 네 가슴은
그 길들일 수 없는 野性야성의 비탄소리에
때로 자신의 들끓음을 잊는구나.

그대들 둘이 모두 침침하고 조심스러워,
인간이여, 아무도 네 深淵심연바닥을 측량 못했고,
오 바다여, 아무도 네 속의 재보를 모르나니,
그토록 그대들은 악착스레 비밀을 지키는구나.

그런데도 헤아릴 수 없는 세월을 두고
그대들은 무자비하고 가책 없이 서로 싸우니,
그토록 살육과 죽음을 사랑하는가
오 영원의 鬪士투사들 어쩔 수 없는 형제여!

　이 시의 역주 1에서 "자유인의 구속 없는 사상과 끝없는 바다의
움직임과의 상응相應과 애증愛憎을 노래함" 이라고 하듯이, 이 시는
전반적으로 인간과 바다의 '서로 응함과 사랑과 미움'을 상징적으로
표출시키고 있다. 여기서 '자유인'은 어느 특정인이라기보다 바다를
관조하는 모든 이를 지칭한다고 볼 수 있다. 울타리가 없는 바다에
서 인간이 가장 먼저 느낄 수 있는 해방감을 '자유'로 표현한다면,
우리 모두는 대자연인 바다 앞에서 자유인이 될 수 있는 것이다. 또
한, 역주 2에서는 "바다는 네 거울"로 비유하듯 항상 참된 자유를
갈구하는 인간에게 있어서 끝없이 광활한 바다의 관조는, 인간의 자
유를 확인시켜준다. 그 바다에서 희열을 만끽하며 무아지경에 빠져
드는 1, 2연은 바다에서나 가능한 낭만일 것이다. 3연은 결코 정복
되지 않는 신비한 바다의 상징이다. 마지막 4연에서의 "무자비하고
가책 없이 서로 싸우니"는 '가책'의 일시적인 의미가 '가책 없이'에서
는 영속성의 이미지를 지니는 것에서, 바다와 인간의 숙명적인 현실
일 테고, "오 영원의 투사"는 그 현실에 대한 개탄으로 본다. 그러나
"어쩔 수 없는 형제!"에서 '인간과 바다와의 일체'가 숙명적인 낭만
을 느끼게도 해 준다.

라마르띤느(A. de Lamartine; 1790∼1869, 프랑스 시인)는 지중해를 항해하며 오랑주 공국公國 공주에게 띄우는 그의 시 속에 바다에서의 낭만을 추억으로 실어 보내고 있다.

으르렁거리는 배는 불을 내뿜으면서 물거품 항적航跡일으키며
바다 위를 달리고 있었고,
우리는 연기를 뿜고 있는
베수비오 화산의 해안을 따라 가고 있었어요.

실편백 숲은 검었고, 바다는 푸르고, 하늘은 쪽빛이었어요.
경쾌한 파도가 고물 뒤를 쫓아오면서,
잔속에 담근 부활절의 회양목 가지로 축복하듯이
바다 진주들을 뱃전에 가볍게 퉁겨,
승객들의 이마에 소금과 물을 뿌리기도 했죠.

영원한 오로라 같은 여름밤이,
더 높은 하늘에서 우리를 수천 개의 눈으로 보고 있었고,
한 밤중이 피우는 꽃인 별들은
하늘의 정원속에서 우리들의 손가락으로 태어나고 있었답니다.

「추억」(일부)

이 시에서는 동적인 낮 동안의 항해와 정적인 밤바다에서의 항해가 한데 어우러진 낭만을 느낄 수 있다. 3연의 2행을 서술문으로 바꾸면 '하늘에는 추천개의 별이 떠 있었고'가 될 것이고 3연의 마지막 행은 '손가락으로 세고 있었다.'가 된다.

바로 시인과 운문의 특성 중 하나인 낭만의 표출이다.

강세화(1948, 울산 출생)는 서민적인, 구수한 낭만의 냄새를 바다 위에 뿌려 놓고 있다.

충무에 갈 때는
금성호 삼등선실이 좋았다
아무데나 손가방 훌쩍 던져두고
남녀노소 아래 위 따위 눈치 볼 일없이
벌렁 눕기만 하면 되는
세상에 참 편하고 기가 막힌 곳이었다
영도다리 밑을 빠져 한동안은
그냥 누워 가는 데고
가덕 지나 선실 풍경이 조금씩 익숙해지면
삼등선실에 엉겨 물길 백여 리를 오가며
얼핏얼핏 익힌 얼굴도 더러 있어
오징어 안주 짭짤한 소주잔도 돌아오고
한려수도 바람 맛도 적당히 섞어
금방 얼큰해진 기분으로 그러구러
저마다 와자지껄 신이 날 때쯤
거제 성포 김밥아지매
수더분한 손맛에도 정이 쫀쫀했더란다
충무 갈 때는
기가 막힌 그 맛 때문에
두 시간 뱃길에 멀미도 아예 잊었단다

「金星號 三等船室금성호 삼등선실」

  부산을 떠나 충무로 가는 일반 여객선의 정경을 아무런 수식도 없이 사실事實을 사실寫實적으로 묘사함으로써, 단조롭고 정직한 바다에서의 낭만이 그대로 가슴에 와 닿는 효과를 볼 수 있는 것이다.
  노산 이은상 선생은(1903~1982, 경남 마산출생, 시조시인) 부산의 대표적 상징인 오륙도를 은밀한 낭만으로 노래한다.

  오륙도 다섯 섬이 다시 보면 여섯 섬이
  흐리면 한 두 섬이 맑으신 날 오륙도라

흐릴락 마를락 하매 몇 섬 인줄 몰라라

취하야 바라보면 열섬이 스무 섬이
안개나 자욱하면 아득한 빈 바다라
오늘은 비속에 보매 더더구나 몰라라

그 옛날 어니분도 저 섬을 헤다 못해
헤던 손 나리고서 오륙도라 이르던가
돌아가 나도 그대로 어렴풋이 전하리라

「五六島」

해양수도를 자칭하는 부산의 상징인 오륙도의 내력은 밀물 때는 6개, 썰물 때는 5개로 보이기에 붙여진 이름으로 타지 사람들에게는 신비로운 섬이다. 그 신비감을 시인은 흐린 날엔 하나나 둘로, 안개 끼면 사라졌다가 취기醉氣어리면 열 개, 스무 개로도 보이는 아련한 낭만 속에 담았다. 가히 주선酒仙의 경지다.

‒ 동서고금을 막론하고 문인과 알콜은 불가분의 관계다. 주로 시인은 술이요 소설가는 담배를 선호한다지만, 그 한계가 노산선생이 지적하는 대로 어렴풋하다. 둘 다를 선호하는 문인들이 많기 때문이다. 대체로 시인은 시상詩想이 떠오르지 않을 때 알코올에 젖고, 소설가는 글머리가 터지지 않을 때 담배를 찾는다고 한다. "미라보 다리 아래 세느 강은 흐르고 우리들의 사랑도 흘러간다." 로 우리에게 잘 알려진 프랑스시인 '아폴리네르'는 자기 시집의 제목 자체를 아예 '알코올Alcools' 로 작명했다.

또한, 얼마 전에 지나간 정권이 국민의 건강을 위한다는 미명하에 담뱃값 대폭 인상을 발표했을 때, 서울에서 소설가 100여명이 "창작의 벗 담뱃값 인상을 결사決死 반대한다!" 는 성명을 중앙일간지에

낸 적 있다는 사실이 이러한 문단의 통념을 증명해 준다. 문학의 꽃
이라 할 '창작의 벗'의 값은 아직도 요지부동이지만, 비록 결사라고
천명했어도 이일로 돌아간 소설가는 없어 다행이다. 이웃나라 일본
에는 노벨문학상 수상자가 금년도 수상자 '가즈오 이시구로'가 가
세하는 통에 이젠 3인이나 되었다.

그러나 우리에게는 작가와 작품 수에 비해 단 한명도 없다는 아쉬
운 현실과 연관이 없기를 바란다. ―

에드가 포(Edgar Allan Poe, 1809~1849, 미국 시인, 소설가)는 바다
의 존재 가치를 낭만적으로 우리에게 알려준다.

먼, 먼 옛날에
바닷가 어느 왕국에
당신도 아실지 모를 아나벨 리 라는
한 소녀가 살고 있었답니다.
그 소녀는 날 사랑하고, 나에게서 사랑 받는 것 외에는
아무 다른 생각 없이 살았답니다.

바닷가 그 왕국에서
나는 어린애였고, 그녀도 어린애였지요.
그러나 나와 아나벨 리는
사랑보다 더한 사랑을 서로 나누었답니다.
천국의 여섯 날개 돋친 최고천사들도
그녀와 나를 탐내는 그런 사랑을.

바로 그 때문이랍니다. 오래 전
바닷가 이 왕국에,
구름에서 불어 닥친 바람이
나의 아름다운 아나벨 리를 얼려버린 건,
그러고는 그녀의 고귀한 친척들인 천사들이 내려와
나에게서 그녀를 빼앗아
바닷가 이 왕국의
무덤 속에 그녀를 가두어버렸지요.

천국에서 우리의 절반도 행복하지 못하던 천사들이
그녀와 나를 시샘한 거랍니다.
그래요! 바로 그 때문에(바닷가 이 왕국에서는 누구나 다 알
고 있듯이)
한밤중에 구름에서 몰려온 바람이
아나벨 리를 싸늘하게 얼려, 죽인 겁니다.

하지만 우리 둘의 사랑은

우리보다 나이를 더 먹은 이들이나
우리보다 더 현명한 사람들의 사랑보다
훨씬 더 강했답니다.
저 높은 하늘나라의 천사들도
깊고 깊은 바다 속의 마왕들도
나의 영혼과 세상에서 가장 아름다운 아나벨 리의 영혼을
결코 갈라놓을 수 없답니다.

그러기에 달빛이 비치면 언제나 떠오르는
아나벨 리의 생각,
별들이 뜨면 눈에 선한
아리따운 아나벨 리의 빛나는 눈동자
그래서, 이 밤이 다 하도록 나의 연인, 내 사랑
내 생명, 나의 신부 곁에 누워있지요
바닷가 그녀의 무덤 속에
파도소리*) 들리는 그녀의 무덤 속에서.

「Annabel Lee 아나벨 리」

― 우리 식 이름으로 하자면 '이李 아나벨'이 될 수도 있는 이 시의
제명은 '에드가 포'가 미국작가이므로 '애너벨 리'로 표기하는 것이
옳을 것이다. 그러나 미국 본토보다 대서양 건너 보들레르나 말라르
메 같은 프랑스 상징파 시인들에게 상당한 영향을 미친 점을 감안,
프랑스 식 발음대로 '아나벨 리'로 표기하였다.

또한, 이 시는 시인 자신을 지칭하는 것이 틀림없는 '나' 라는 화
자와 아나벨 리의 순애시純愛詩 이지 해양시가 아니다. 조실부모한 탓
에 고아가 된 '포'는 '알랜'가에 양자로 입양된다. 그 후 스무 몇 살

---

*) 영어판에는 noise 불어판은 bruit로 되어 있다. 둘 다 '소음, 잡음' 이 대표적인 뜻이다. '파도소리 요
란한' 으로 옮기는 것이 옳으나 그만큼 '바다에 가까이' 란 뜻이므로 전반적인 분위기를 감안 다른
역자들과 같이 그냥 '파도소리' 로 옮겨 두었다.

때 '알랜'가의 13세이던 조카딸 '버지니아Versinia'와 결혼하자 주위의 엄청난 힐난을 받는다. 결혼 10년 째 버지니아가 병사한 후에 이 시를 발표했고 몇 년 뒤에 나이 40에 길에서 횡사한다. 이런 사실로 미루어 보아 이 시는 포의 자서전적 시라 할 수 있다.

에드가 포의 시풍詩風은 영문학에서 죽음, 우수憂愁, 미美를 주제로 음악적인 순수서정시를 통해 암울한 시미詩美의 세계를 그리는 것으로 알려져 있다시피, 이 시에서는 그 3요소가 모두 포함되어 있다.

이 시가 널리 애송愛誦되는 것도 아마 '아름다운, 연인의 죽음, 그에 따른 우수'가 아름다움으로 승화된 시인의 그러한 시풍 때문일 것이지만 해양문학의 입장에서 볼 때, 또 다른 주장도 가능하다. 사랑하는 아름다운 연인의 죽음은 모든 것을 잃어버린 것과 다름없다. 그런 암울한 분위기에도 불구하고 이 시가 전반적으로 아름답게 느껴지는 것은 아나벨 리가 미인이고, 이들의 사랑이 지고지순至高至純한 때문만이 아니라, 태어나 성장하고 사랑하다가 죽어 간 곳이 '바닷가'란 점에 기인한다고 본다. 게다가 아나벨 리의 무덤까지 파도 소리가 들리는 바다에 아주 가까운 곳이다. 이 시에서 바닷가를 다른 곳으로 장소를 바꾸어 놓고 보면, 아름다운 느낌보다 암울한 느낌만 든다.

이것이 바다가 우리에게 주는 낭만이고 영원성이며, 무덤 또한 영원성을 내포하고 있다. 시인이 천사들도 시기할 만큼 '어린애'로 비유한 천진난만하고 아름다운 연인을 다른 곳도 아닌 바닷가에 묻어둔 뜻도, 시인 자신을 지칭하는 것으로 짐작되는 '나'의 바다에 대한 영원한 동경과 낭만의 상징일 것이다.

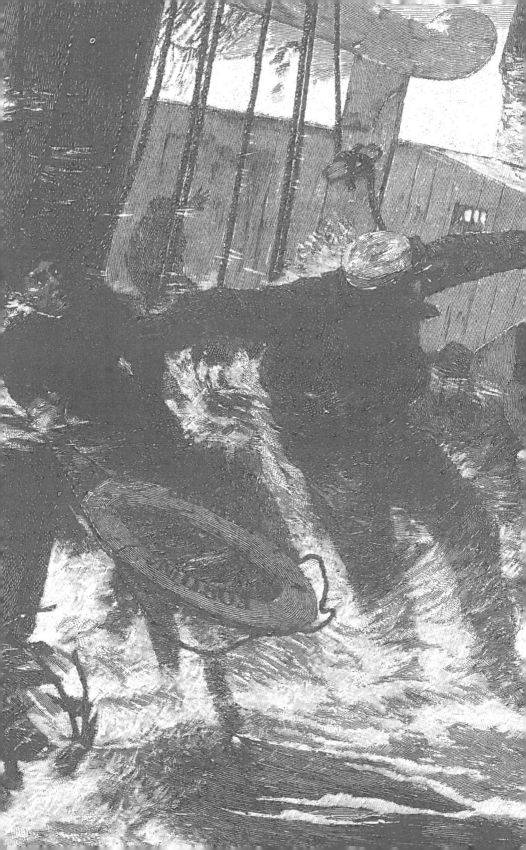

9. 노怒한 바다 위의 사람들

a. 황천항해荒天航海

자연적인 현상으로 바다는 생과 멸, 긍정과 부정의 뚜렷한 양면성을 지니고 문학에서도 다르지 않다. 따라서 인간 삶의 의미와 그 이상을 추구하려는 순수한 태도가 문학이란 형태로 나타난 것이라면, 어떤 장르의 문학 속에서도 바다는 삶에 부정적인 멸의 바다보다 긍정적인 생의 바다가 차지하는 비중이 단연 클 수밖에 없다.

그러나 자연계의 생존은 물론이고 문학에서도 멸의 바다를 완전히 배제할 수 없는 것은 작품 구성상의 요건이나, 스토리 전개상의 필요성을 떠나 멸의 바다는 그 나름대로 존재의 의미를 지니고 있기 때문이다. 여기서 멸의 바다는 주로 인간에게 공포의 대상이 되고 파멸도 야기할 수 있는 노한 바다를 지칭하지만, 범위를 넓힌다면 오염된 바다 등 실제이거나 관념에 의한 것이거나 간에 인간의 실생활과 정서에 부합되지 않는 바다 모두를 포함시킬 수 있을 것이다.

혹한이 몰아치는 북대서양에서 선주의 과욕으로 무리한 항해를 감행하다 결국 기관실과 화물창의 침수로 민들레로 비유된 26명의 선원이 퇴선하기 까지를 그린『대서양의 민들레』서두를 보자.

> 마스트에 닿을 듯 낮게 내려앉은 하늘은 틈서리 한 군데 없다. 온통 잿빛으로 도배한 천정이다. 시퍼렇게 날선 바람은 포탄 날아가는 소리를 내며 무섭게 질주한다. 와르르 일어서는 물마루는 절벽같이 아찔하게 뱃머리를 가로막는다. 질풍에 휘말린 물마루가 부서지면서 비산하는 물방울들이 강물을 이루며 날려 간다.

뿌옇게 흩날리는 물보라의 대열과 끝없이 몰려오는 새하얀 파도의 등성이. 바다는 강풍이 휘몰아치는 설봉보다 어지럽다. 현창은 때리는 바람은 살을 저미듯 맵차다. 데릭포스트*)에 부딪친 물보라는 순식간에 번질번질 얼어붙어 촛농같이 타 내린다.

24년 동안이나 해풍에 녹슬고 파도에 찌그러진 아틀랜틱 덴덜라이언Atlantic Dandelion 호는 늙은 육신을 주체하지 못하고 표류하는 유령선처럼 휘청거리고 있다. 움푹움푹한 현창은 모두 흰자위만 드러내고 브리지의 프론트그라스에도 성에와 염분이 층을 이루어 우유빛 커텐을 쳤다, 밤낮없이 돌아가는 뷰크리너 (선회창旋回窓) 만 동그랗게 눈을 뜨고 선수루를 지키고 있다.

저자 김종찬**)에 대해 천금성은 2011년 4월에 출판된 이 책의 서평을 이렇게 썼다.

"그에게서는 언제나 고소하고 싱그러운 바다냄새가 난다. 환갑을 넘긴 지금도 마찬가지다. 그는 영원한 해기사다. 따라서 이 작품집은 꼭 40년에 걸친 그의 항해일지가 된다. 그는 오로지 소재를 찾아 바다를 뒤졌다. (...) 책갈피마다 묻어나는 여러 등급의 노도광풍과 그 싸움에서 이겨낸 뱃사람들의 숨소리가 듣고 싶다면 이 소설집이 안성맞춤이다. 40년간의 항해가 이 속에 모두 담겨 있어서다."

— 작가의 가장 두드러진 항로는 먼저 해군함정서부터 원양 어선인 북태평양트롤선을 위시하여 벌크선, 잡화선, 원목선, 자동차운반선, 공모선, 뉴펀들랜드 트롤선, 컨테이너선 등의 기관장을 역임했다. 이처럼 기능이 다른 여러 배를 타는 경우는 없다. 배가 다르듯

---

*) Derick post: 선박기중기의 지주

**) 김종찬: 부경대 기관학과 졸업. 해군중위로 전역. 원양어선 부터 각종 화물선의 기관장역임. 제8회 한국해양문학상 수상.저서:『피닉스호의 최후』,『꽹이밥』,『대서양의 민들레』

체험도 다를 것 같아 체험을 위해 의도적으로 골라 승선했다고 했다. 1부에서 언급한대로 직접체험의 실행이다.

다음으로는 승선기간이다. 해양소설을 가장 다작한 천금성과 영국이 자랑하는 시인 죤 메이스필드 가 10여년, 죠셉 콘래드가 영국 상선 선장까지 20여년이나 되어도 30년이 넘는 선장시인 김성식을 우리는 자랑해 왔다. 그런데 장르를 떠나 40년이 넘는 현역작가는 현재까지도 없고 앞으로도 드물 것이다.

승선경력에 따라 작품의 우수성이 평가 받는 것은 아니지만, 그의 작품에서는 진정성과 현장감이 뛰어난다. 직접체험의 산물이다. 게다가 인간미가 곁들어 있다. 문학은 인간이 하는 가장 숭고한 행위 중에 하나이다. ―

황천항해가 뱃사람들에게는 다반사란 점이 다음에서도 두드러진다.

정오경 서경 167도에서 남회귀선을 넘었다. 어제부터 궂어지기 시작한 날씨는 오늘은 초속 15미터의 거센 바람이 불어 해상은 산더미 같은 노도의 포효 속에 휩쓸렸다. 배는 파두波頭와 파곡波谷 사이를 기우뚱거리며 간신히 오르내리는데 정면으로 부딪친 파도는 그대로 넘어와 선교船橋를 치니 파도를 덮어쓸 때마다 브리지 안이 캄캄해지곤 했다.

"이러니 귀인들이 딸을 뱃사람에게 주려고 하겠나. 이런 광경을 한번 보기만 해도 질겁할 텐데…"

오랫동안의 연애 생활이 배를 탄다는 이유로 해서 그녀의 어머니의 반대로 끝장이 나고 만 Y사관의 푸념이다.

"사실은 이런 광경을 보고 씨·맨의 용감성을 높이 평가해서 인기가 좋아야 할 텐데…"

하는 것은 옆에서 듣고 있던 S통신장의 이야기다.

위의 인용은 『한국해양문학선집』 중 해양 논픽션 모음에서, 김재철(동원산업 회장)이 참치잡이 원양어선의 실상을 그린 「남태평양의 황파를 넘어」의 일부이다. 이와 같이 인간의 공포를 야기 시키는 노도怒濤는 비단 논픽션에서만 아니라 작가의 의도에 따라 상상에 의한 픽션으로도 얼마든지 가능하겠지만, 노한 바다는 실제 체험인 논픽션에서 훨씬 박진감이 더하다. 위의 선집 중, 침몰한 어선에서 탈출후 6일 동안 구명정에 의존해서 추위와 사투 중 선장의 시신을 수장하고 마침내 구조되는 과정을 보여주는 김지은(1950, 서울 출생, 자유기고가)의 「그러나 구조선은 돌아가고」에서는 멸의 바다가 절실하게 묘사되어 있다.

"배가 가라앉는다!"
"빨리 대피하라!"
피곤해서 선실에 누워 잠시 눈을 붙이고 있던 선원 김영식(30)씨는 잠결에 선장의 다급한 고함 소리를 듣고 벌떡 일어났다. 갑판으로 뛰쳐나오니 배는 이미 한쪽으로 심하게 기울어져 있었다. 고성수 선장(34)의 고함 소리에 놀라서 입은 옷 그대로 뛰쳐나온 선원들은 선장이 바다에 던진 구명보트(12인승 무동력선)에 허겁지겁 뛰어 내렸다. 순식간의 일이었다. 선장을 비롯한 선원 9명이 모두 구명보트로 뛰어내린 후 10분도 채 못되어 그들이 조금 전까지도 타고 있던 98 톤짜리 제 2 경복호는 완전히 가라앉고 말았다. (...) 사고가 나던 당시 제 2 경복호는 제 1 경복호에 예인 로프를 걸고 인천항으로 귀항하는 중이었다. 그런데 120m 정도의 거리를 두고 예인되고 있던 제 2 경복호에 계속 집채만 한 파도가 몰아치자 배가 기우뚱거리기 시작했다. 잘못하면 두 배가 함께 침몰하게 될 지도 모르는 상황이었다. 고 선장은 제 1 경복호만이라도 안전해야 한다는 판단 아래 예인 로프를 끊기로 했다. 너무 급박한 상황이어서 책임배인 제1 경복호에 SOS를 칠 겨를도 없었다. 로프를 끊으면 곧 바로 배가 침몰하므로 갑판장에게 로프를 끊도록 지시하는 한편 구명보트의 끈을 당겼다. 그러나 너무도 창졸간에 일어난 일이어서 구명보트는 바다로 떨어졌으나, 구명보트와 함께 준비되어 있던 노와 비상식량 뭉치는 그만 갑판으로 떨어져 버리고 말았다. 비상식량 뭉치를 집어들 틈도 없었다. (...) 빨리 구명보트로 옮겨 타고 침몰하는 배 곁에서 멀리 떨어져야만 바다 속으로 휩쓸려 들어가지 않기 때문이었다.

「침몰하는 배에서 10분 만에 탈출」

또한 위의 선집에서 북양어선단의 해난사고를 다룬 김원기(1937, 전북 정읍 출생, 정치인)의 「죽음의 항해 72시간」에서는 독항선 2척 침몰이라는 결과로 인해 노한 바다의 양상이 더욱 부각되고 있다.

오후 5시 반경 처음으로 2호와 7호 독항선이 시야에 들어왔다. 이때 모선도 불가불 뱃머리를 돌리지 않을 수 없었다. 북위 49도 10분, 동경 179도 30분, 파도는 갈수록 거세어지기만 하고 파고波高 10미터를 넘은 듯. 풍속은 자그마치 초속 40미터로 갑판에 서 있을 수 없으며 모든 출입문이 꽉 닫혔는데도 윙윙거리는 바람과 쏴쏴하는 파도소리 때문에 선실에서도 말이 통하지 않았다. (...) 온 바다는 온통 아수라처럼 울부짖으며 소용돌이치고 사나운 파도가 일으키는 물보라와 거품에 가려 바로 옆을 따라오는 독항선조차 분별할 수 없다. 브리지에 올라 멀리 7호와 2호 독항선을 살피던 기자는 차마 정시正視할 수 없는 아슬아슬한 광경에 눈을 감았다. 그 큰 파도 속에 마스트까지 가렸다가는 다시 솟고, 금세 라도 무서운 소용돌이에 휘말려 삼켜질 것 같은 처절한 광경은 차마 눈뜨고 볼 수가 없었다.

논픽션이 픽션보다 더 생생한 것은 그 사실성 때문이라 하더라도, "북양어선단 해난기"를 현장 '르뽀' 형식으로 기술한 이 내용은 위의 선집에 수록된 수십 편의 단편소설 중에 멸의 바다를 극단적으로 나타내고 있다. 멀고 먼 험난한 바다에서 극한상황을 극복하려는 뱃사람들의 강인한 용기와 삶에 대한 불굴의 의지에서 우리는 그들에 대한 연민의 정을 느끼기보다 바로 자기 자신의 삶에 더욱 애착을 갖게 되는 것은 그들의 체험을 자신의 것으로 만들 수 있기 때문이다.

이러한 체험의 전이轉移는 문학을 통해 가능하고 논픽션에서 더욱 그러하다. 이것이 인간의 정서를 순화시켜 주는 고요한 바다와 상반되는 멸의 바다 존재도 간과될 수 없는 이유 중에 하나이기도하다. 노도에 의한 거친 바다에서의 해난은 주로 소형선인 어선에 의한 체험적인 경험이 문학의 형태를 이루고 있으나, 대형선의 경우에 해난은 실제와 마찬가지로 거의 찾아 볼 수 없는 것은 현대적 장비와 인력의 고급화에 기인할 것이다. 그러나 항해자에게 폭풍의 위험성은 예고되지 않은 돌발사태로 언제나 일어날 수 있는 위험이 상존한다. 바다에 나간다는 사실 자체가 바로 모험이라고 "모험의 바다"에서 언급한 대로 선원들은 언제나 이러한 위험에 대비할 태세를 조금도 소홀히 할 수 없는 것은, 바다에서의 방심은 바로 파멸을 의미하기 때문이다. 따라서 문학 작품 속에 나타나는 멸의 바다는 단순히 줄거리 전개만을 위한 것이 아니라, 대자연 앞에 선 우리 인간들에게 '바다에 대한 경외심敬畏心 고취'라는 중대한 경고의 의미를 지닌다고 보아야 한다. 그러나 앞에서 본 어선 선원들의 경우는 '경외심'이 없었기 때문이라기보다 어쩔 수 없는 자연현상에 의한 해난이고, 두 작품이 모두 논픽션이란 점에서 대자연의 위력을 다시금 실감할 수 있는 것이다.

주로 원양어선이 대상인 위의 세 작품들과는 달리 상선을 소재로 한 양헌석(1956, 부산 출생)의 「순례」는 호주의 시드니를 떠난 화물선 '베고니아호' 선원들의 폭풍 전야에 야기되는 심리적 갈등과 폭풍으로 산호초에 좌초되지만, 두 선원의 살신성인 정신에 의해 산호초를 빠져 나오는 과정을 그린 비교적 단순한 줄거리로 구성되어 있다. 그러나 폭풍으로 인한 극한상황의 전개는 어선들의 경우와 다를 바 없다.

> 모두 바람을 이야기했다. 육지의 모든 사람들이 신神의 역사를 찬송하듯이 이곳의 선원들은 폭풍의 위력을 두려워했다. 결국 바다의 신은 바람의 형태였다. (...) 그들의 등 뒤로 하늘이 쪼개져 내리듯이 폭우가 쏟아졌다. 시간이 흘러감에 따라 밀려오는 먹구름으로 해서 하늘은 더욱 어두워졌다. 바람도 흉폭하게 바다를 마구 뒤집어놓았다. 거대한 파도들이 바람에 찢겨져 하늘로 솟아올랐다. 번갯불이 번쩍거리며 하늘을 갈랐다. 섬광閃光을 뒤쫓아 온 천둥소리도 대기를 진동시켰다. 바람은 거대한 교향악지휘자였다. 선원들의 생명을 위압하지 않는다면 아마 지상 최대의 무대로 손색이 없으리라. 살아 숨쉬기 위해 풍랑을 헤치며 자연과 투쟁을 벌여야 하기 때문에 더욱 장관인지도 몰랐다.

이 소설이 위의 선집 중에서 논픽션 편에 속해 있지는 않다. 하지만 상당수의 해양소설들이 바다에서의 모험적인 행동이라는 상황의 특수성으로 인해 직접 또는 간접 체험을 토대로 하고 있다는 점을 감안해야 한다. 이 소설에서 어선들의 경우보다 비극적인 귀결을 상선에서 찾아보기 힘든 것은 아마도 전술한 대로 배의 규모, 장비, 인력 등이 우월한 때문일 것이다.

이것이 멸의 바다, 노한 바다가 존재하는 상징적인 의미이기도 하다. 이러한 노한 바다가 상징하는 표상을 다음 글에 담아두었다.

2001년 7월 2일. 맑음. 천진에서 상해로.

아침에 브리지에 올라가 내려다 본 바다는 누런 황해의 이미지를 벗어날 만큼 푸르러 중국연안을 제법 벗어났다는 것을 알 수 있었다. 당직 서고 있던 1항사가 북위 36도를 방금 넘었다고 했다. 우리나라 사람이면 누구나 기억하고 있는 38선을 넘었으니 남한 해역에 들어 온 것이다. 이제껏 희미하게만 보이거나 아예 보이지도 않던 수평선이 선명하게 보였고, 탁 트인 시야가 가슴을 시원하게 해주었다. 해발 50m의 높이의 브리지에서는 가시거리가 12마일이라고 설명해 주는 선장과 같이 나가 본 브리지 윙에는 마치 등산가서 산정山頂에 올랐을 때 불어오는 것과 같은 바람이 불어 더욱 시원했다. 선수가 24노트로 가르는 물살이 보고 싶었지만 적재한 컨테이너에 가려 보이지 않았다. 윙 끝 부분에서 고개를 쭉 내밀고서야 겨우 보이는 발버스(Bulbous: 구상 선수)는 물결을 가른다기보다 물결을 짓누르는 것 같았고, 이따금씩 저 멀리서 지나가는 다른 대형선들도 마찬가지로 보였다. 단지 대형선에 파도 분쇄용으로 선수 밑 부분에 둥그렇게 앞으로 튀어나오게 건조한 발버스는 제각기 그 생김새가 달랐다. 어떤 놈은 유난히도 앞으로 돌출해 있어서 잔잔한 바다의 여성적인 이미지에 비해 마치 남성의 심벌을 연상케도 했다. 브리지에서 내려다보는 바다는 너무 멀다는 느낌이 들었고, 하얗게 부서지며 배 뒤쪽으로 재빨리 달아나는 물살을 계속보고 있으려니 현기증이 났다. 시원하기는 해도 산바람보다 무겁고, 끈끈한 바다 바람을 피해 다시 브리지 안으로 들어왔다.

오후 3시경 다시 올라가 본 브리지 밖은 상황이 달라져 있었다. 바다에는 제법 큰 파도가 하얀 포말을 날리고 있었고, 좀 더 자세히 볼 양으로 나선 브리지 윙에서는 세찬 바람 때문에 숨쉬기가 힘들었다. 바람이 코 밑 공기를 날려버려 순간적으로 진공상태로 만든 것인지, 아니면 코로 들여 쉬려는 힘보다 바람의 힘이 더 세고 빠른 것인지, 그 이유를 언뜻 알 수 없었다. 아무튼 숨은 쉬어야했다. 다시 들어온 브리지에서 내려다보이는 바다에는 소형 중국 어선들의 큰 물결에 번쩍 들린 선수가 마치 도끼로 장작 패듯 다시 물결을 내려찍는 맹렬한 피칭을 연신하며 어디론가 피항하고 있었다. 브리지에 3대나 있는 망원경으로 살펴 본 한 어선에 선원들은 보이지도 않고 갑판 위는 물보라가 연신 들이치고 있었지만, 우리가 탄 한진 마르세이유 호는 거의 미동도 하지 않는 채 유유히 항진하고 있어서 대형선의 위용을 다시 한번 실감했다.

"저 사람들이 진짜 뱃사람입니다."

바다에 나온 같은 뱃사람으로써 연민의 정이 서린 선장의 말에 수긍이 갔다. 선장은 바람의 정도를 측정하는 보포트 스케일 Beaufort Scale한 장을 복사해주며 지금 상황이 측정치로 5, 즉 초속 8.0에서 10.7m 이고, 파고는 2 내지 2.5m 라 일러주었다. 선수에서 브리지까지가 약 190m 이고, 해수면에서 높이가 50m 나 되는 이 거대한 배도 겨울철에 태평양을 횡단할 적에는 롤링, 피칭 할 것 다 하고, 물보라가 브리지까지 덮친다고 했었다. 만약 그 광경을 소형선의 선원들이 본다면 뭐라고 할까? 당신들도 진짜 뱃사람일까? 아니면 큰 배도 별 수 없구나! 일까? 생각하며 상해를 향해 내려갈수록 육안으로도 몇 척 볼 수 있던 칙칙한 색깔의 중국 어선들이 레이더에는 더 많이 떠 마치 밤하늘의 별처럼 보였다. 중국연안이 가깝다는 증거였다. 학생들도 브리지에 올라 와 견시를 하고 있을 때, 선장의

"저기 스타보드(우현)쪽에 침몰선이 있소!"란 말에 모두 그쪽으로 시선을 돌리고는 잠시 숙연해졌다. 침몰선의 마스트와 물 밖으로 드러낸 브리지 지붕 위로는 하얀 물결이 넘나들고 있었고, 선미와 선수쯤 되어 보이는 곳에 침몰선의 위치를 알리는 부표가 떠 있었다. 침몰선은 브리지 지붕 크기로 보아 대략 몇 천 톤급의 배로 보였다. 오래 전 학교 실습선 한바다호에 편승했을 적에, 인도양 입구인 '말라카' 해협에서도 침몰선을 본 적 있었다. 그 배는 마스트만 드러내고 있어서 마치 바다에 전봇대를 세워둔 것 같았다. 바다에 대한 경외심 고취에 산 교훈이라는 생각은 들었지만, 뭔지 모를 숙연한 기분에 빠져들었다. 브리지 안에서는 모두들 한동안 침묵을 지키고 있었다.

-9일간의 항해- 중에서

- 한진해운에서는 1993년부터 매년 1, 2차로 나누어 8박 9일 동안 하계대학생 승선연수를 실시했다. 대상은 한국해양대학교 해사대

학, 목포해양대학 4학년 항해, 기관학부 학생 각 3명씩과 각 대학에서 인솔교수 2명 등 총 16명이 2001년도 1차 연수에 참가하였다. 위의 글은 그간의 나의 일기를 「9일간의 항해」로 구성한 것 중 일부이다. 그러나 한진해운이 해체된 현시점에서 이런 기회가 또 있을지 의문이다. 세계 굴지의 해운회사 몰락의원인으로 경영부실, 정책부재 등을 들고 있으나 무엇보다 과욕과 바다에 대한 인식부족이 주된 원인이 아닐까 한다. ―

항해자에게 폭풍의 위험성은 언제나 상존한다. 이러한 위험에 대비할 태세를 조금도 소홀히 할 수 없는 것은, 바다에서의 방심은 바로 파멸을 의미하기 때문이다. 따라서 문학 작품 속에 나타나는 멸의 바다는 단순히 줄거리 전개만을 위한 것이 아니라, 대자연 앞에 선 우리 인간들에게 '바다에 대한 경외심敬畏心 고취'라는 중대한 경고의 의미를 지닌다고 보아야 한다.

― 중국사기史記에서 "자모慈母 밑에 패자敗子난다"고 했다.

위의 격언은 '항상 평온한 바다는 무기력한 자식을 만든다.'로 대체할 수 있다. 또한 바다가 언제나 평온하기만 한다면, 동경과 낭만의 대상으로서 존재의 가치는 있을지 몰라도 바다를 대하는 인간은 나약해질 수밖에 없다. 영국 속담에 "폭풍이 강인하고 유능한 선원을 만든다." 고 하듯이 '거친 바다를 깊이 관조함으로써 인생이란 황천 항해를 순항順航할 능력과 의지를 기를 수도 있을 것이다.' 이것이 멸의 바다, 노한 바다가 존재하는 상징적인 의미이기도 하다. ―

노한바다의 존재 의미를 인식하지 못하거나 망각한 경우에 닥쳐올 수 있는 극한상황이 다음 시에 전개되어 있다.

탁자는 바로 옆에, 램프는 저 멀리
성난 폭풍 속에서 다시 모일 수 없네,
수평선까지 해안은 황량하기만 한데,
한 남자가 바다에서 손을 들고, 외친다. "살려줘요!"
메아리가 답하기를, "거기서 무슨 소리를 하고 있는 거요?"

「파선破船」

단 5행에 불과한 이 짧은 시에서는 어떠한 은유나 상징도 찾아볼
수 없고, 단지 조난자의 절박한 외침만 귓전에 울릴 뿐이다.

그러나 메아리의 대답은 냉혹함의 극치에 속한다. 쉬뻬르비엘
(J.Supervielle; 1884~1960, 프랑스 시인)은 위의 시에서 조난자의 절망
적인 상황 묘사를 통해 더욱 긍정적인 뱃사람의 정신 자세를 확고히
하고자 하는 효과를 노리고 있다. 순수한 정신의 경지에서 모든 사
물의 궁극적인 미를 추구하는 것이 시인들이 지향하는 태도이기 때
문이다.

b. 통탄의 현해탄

관념에 의한 노한 바다는 우리나라 최초의 신체시新體詩로 알려진
육당六堂 최남선의 시에서도 볼 수 있다.

4
처-ㄹ 썩 처-ㄹ 썩 척 쏴아
조고만 산山모를 의지하거나
좁쌀 같은 적은 섬 손벽만한 땅을 가지고
고속에 있어서 영악한 체를
부리면서 나 혼자 거룩하다 하난 자

이리 좀 오나라 나를 보아라
처-ㄹ썩 처-ㄹ썩 척 튜르릉 꽉

5
처-ㄹ썩 처-ㄹ썩 척 쏴아
나의 짝 될 이는 하나 있도다.
크고 길게 너르게 뒤덮은 바 저 푸른 하날
저것은 우리와 틀림이 없어
적은 시비 적은 쌈 온갖 모든 더러운 것 없도다
저 따위 세상에 저 사람처럼
처-ㄹ썩 처-ㄹ썩 척 튜르릉 꽉

6
처-ㄹ썩 처-ㄹ썩 척 쏴아

저 세상 저 사람 모다 미우나
그 중에서 똑 하나 사랑하는 일이 있으니
담 크고 순진한 소년배들이
재롱처럼 귀엽게 나의 품에 와서 안낌이로다
오나라 소년배 입맞춰주마
처-ㄹ썩 처-ㄹ썩 척 튜르릉 꽉

「海에게서 소년에게」 (일부)

육당 선생의 이 시가 정형시定型詩인 한시漢詩의 틀을 최초로 벗어
난 자유시로 알려져 있으므로 당연히 국내 최초의 해양시가 되고,
1908년 『소년』지에 발표된 점을 감안해 보면 시사하는 바가 있다.

우리 민족 최대의 치욕인 한일합방은 1910년이나 그 이전에 일제
日帝는 1907년 7월에 사실상 한반도를 식민지화하는 내용으로 된 소
위 '한일신협약'을 강압적으로 체결했다. 당시 춘원 이광수 선생과

함께 이 땅의 신문학운동의 선구자로 최고 지식인 중 한 사람이었고, 사학자이기도 했던 육당 선생이 이러한 오욕적인 사실에 통분하지 않을 수 없었을 것이다. 이러한 추정을 가능케 해 주는 것은 1919년 3·1운동 때 독립선언문을 기초한 민족대표 48인에 참여, 투옥된 사실이 있다는 점이다. 이런 암울한 시기에 '바다가 소년에게 과연 무엇을 바라는가'를 자문해 보고 이 시를 이해토록 해야 한다고 본다. 광대 무비한 바다 같은 힘, 민족의 앞날을 지켜나갈 소년들에게 외국의 새로운 문화에 대한 적응과 동시에 굴함이 없는 굳건한 의지를 염원하는 마음을 선생은 바다에 담았을 것이다.

  ─ 그러나 참으로 안타깝게도 이 시가 발표된 35년 후인 1943년에 재일 한인 유학생들의 학병지원 권유 차 동경으로 간 사실로 인해, 해방 후 친일반민족주의자로 기소되는 역사의 아이러니에서 일제의 회유와 강압을 다시 한 번 절감할 수 있다.

  육당 선생의 그 호쾌하던 바다가 이 일로 인해 푸른빛이 바라게 되었지만, 선생의 파도 소리는 여전히 일제에 항거하는 저항의 소리, 한恨의 소리로 들리기도 한다. ─

  현해탄을 건너지 말아야 했던 사람은 또 있다. 바로 윤동주다.

        하루도 검푸른 물결에
        흐느적 잠기고… 잠기고…

        저 ─웬 검은 고기떼가
        물든 바다를 날아 횡단할꼬.

        낙엽이 된 해초
        해초마다 슬프기도 하오.

서창西窓에 걸린 해말간 풍경화.
옷고름 너머는 고아의 설움.

이제 첫 항해하는 마음을 먹고
방바닥에 나딩구오… 딩구오…

황혼이 바다가 되어
오늘도 수많은 배가
나와 함께 이 물결에 잠겼을 게요.

「황혼黃昏이 바다가 되어」

윤동주는 이 시를 통해 "죽는 날까지 하늘을 우러러 한 점 부끄럼이 없기를" 바라며 자신의 순결한 삶을 갈망하고, 망국亡國의 설움과 민족의 불행을 소리 없는 저항으로 응시하는 자신의 심정을 바다 위에 쏟아 놓았다. 시의 생명이 언어의 함축에 있다면, 첫 행의 "하루도"는 그 연속적인 의미에서 '하루도 빠짐없이'로 볼 수 있다. 또한 "검푸른 물결"은 검정색의 부정적 상징인 '불길'로 볼 때 이때의 바다는 불길한 바다가 된다. 그러나 2행이 일제 치하에서 힘없이 시달리는 민족과 사회상을 은유한 것에서, 이때 바다는 그 시달림이 바다만큼 넓고 광범위함을 바다에 비유한 것으로 보인다. "검은 고기떼"는 일제日帝의 비유일 테고 4행의 백색의 천은 미완성을 뜻하지만, 물들인 천은 완성을 의미하므로 "물든 바다"는 유구한 역사를 지닌 이 땅을 지칭하는 것으로 본다.

따라서 고기떼가 헤엄이 아니라 "날아 횡단"은 불법과 강압으로 도처에서 횡행橫行하는 잔혹한 일제의 만행을 힐난한 것이 된다. "낙엽이 된 해초"는 일제에게 핍박받은 한민족을 상징하고, "해초마다"

는 한민족 각 개인으로 볼 수 있으나, 이 시가 발표된 1937년대에 일제가 우리 한민족뿐만 아니라 타민족도 핍박한 것과 작가가 북간도 출생인 점을 감안하면, 중국 한漢족이나 만주족 등 여러 민족이 될 수도 있을 것이다. 또한, 황혼은 서창에서 그 희미한 빛을 발한다. "풍경화"가 주는 정서적으로 안락한 이미지에서 "해말간"은 이 땅의 안녕에 비치는 실낱같은 기대와 희망이다. 그러나 자유로운 삶의 정열을 간직한 가슴을 죄어 매는 "옷고름"이란 일제의 강압이 나라 잃은 "고아"를 더욱 서럽게 할 뿐이다. 9행은 처음으로 항해에 임하는 이의 막연한 두려움과 희망이 뒤섞인 심정과 같이 자유에 대한 기대로 설레는 마음의 발로이고, "방바닥에 나뒹구는" 것은 직접 참여는 못하지만 간절히 해방을 염원하는 시인의 기대가 행위로 나타난 것으로 볼 수 있다. 11행은 이 시의 제목과 같이 황혼은 주체로, 바다는 객체로 되어 있다시피 '황혼은 쇠락'을 의미한다.

그 황혼이 바다가 되었다는 것은 우리 민족의 쇠락의 정도가 심각함을 광활 무비한 바다에 비유하고, 마지막 두 행에서는 일제 치하에서 비탄에 빠진 민족의 고통과 고난을 물결로 비유된 바다에 잠긴 것으로 은유한 것으로 본다. 이런 관점에서 윤동주의 바다는 핍박의 정도가 극심함에 대한 비유의 대상이므로 부정적인 멸의 바다로만 볼 수는 없다. 그러나 이 시의 전반적인 암울한 분위기에서 '관념에 의한 노한' 바다로 분류해 본 것이다.

일제日帝란 검은 고기떼가 이 땅에서 달아난 해인 1945년 2월에 님은 '땅을 굽어보아 한 점 부끄럼이 없는 별'이 되었지만, 만해萬海 한용운 선생은 현해탄을 건너지 않고도 『님의 침묵』 속에 독립을 갈망하는 강한 의지를 숨겨놓았다.

언제인지 내가 바닷가에 가서 조개를 주섰지요. 당신은 나의 치마를 걷어 주섰어요 진흙 묻는다고. 집에 와서는 나를 어린 아기 같다고 하셨지요. 조개를 주서다가 장난한다고 그리고 나 가시더니 금강석을 사다주셨습니다

당신이.

나는 그때에 조개 속에서 진주를 얻어서 당신의 적은 주머니 에 넣어드렸습니다. 당신이 어디 그 진주를 가지고 계셔요. 잠 시라도 왜 남을 빌려 주셔요.

「眞珠진주」

이 시는 만해萬海 가 승려인 동시에 우리나라 불교계의 정신적인 지도자란 점을 감안한다면, 불교의 교리敎理면에서 볼 적에 "진흙"이 란 '사바세계에서 중생에게 반야般若, 곧 지혜의 본체가 금강석의 견 실함에 비유한 금강경에 의해 삶의 참된 길을 인도하려는 뜻'에서 "금강석을 사다 준" 것으로 볼 수 있다.

또한 한용운 이 독립 운동가였다는 점에서 한 학생(한국해양대학 교 해사수송과학부 62기; 2006년 입학생. 전 병훈) 이 제출한 해양 수필 리포트 중 일부를 소개 한다.

이 시 후반부의 "나"는 우리 한민족을, "당신"은 우리나라를, "진주"는 주권을, "적은 주머니"는 한반도를, "왜 남을 빌려 주 셔요."는 일제에게 빼앗긴 우리의 주권을 의미한다. 그리고 "잠 시라도"가 담고 있는 속뜻은 조만간에 반드시 주권을 되찾겠다 는 시인의 강한 의지가 담겨있다.(...)나도 속뜻을 보고 너무 감 탄해 한동안 시에 빠져있었다. 여기서 진주는 조개가 제 살을 찢는 고통을 참고 만들어 낸 것이다. 그리고 이 활동은 '바다'에 서 이루어 졌다. 이렇듯, 일제치하에서 저항시는 점점 상징적으 로 변해갔고, 이때부터 바다는 단순한 자연물을 뛰어넘어 삶과 인생을 담을 수 있는 심층적인 의미로 형상화되었다. 지금껏 해

양문학을 공부해 오면서 그리고 앞으로도 해양문학을 공부할
입장으로서 여러 자료들을 조사해 글을 마무리 지었다.

─ 그렇다면 "당신이 어디 그 진주를 가지고 계셔요." 라는 구절은
'언제, 어디서라도 주권을 굳건히 지키라.' 는 뜻일 것이다. 학생이
자료들을 조사 했다고 술회하듯이 이 시에 대한 예리한 분석은 자신
만의 착안은 아닐 것이란 점은 미루어 짐작할 수 있다. 그러나 대학
새내기가 이 정도로 구성해 낸다는 것은 가상한 일이다. ─

10. 4대 해양명작을 보는 네 가지 시선

지구촌에 널리 알려진 해양문학작품 중 꼭히 4대 명작으로 지정
한 경우는 알려지지 않았다. 그러나 작품의 비중과 인지도 등을 감
안, 자의自意 에 의해 4 작품을 명작으로 지정하고 작품마다의 특성
을 살펴보고자 한다.

─ 이러한 시도는 1999년도에 처음으로 해양문학 강의를 시작하
면서 세계적으로 잘 알려진 작품들을 수강생들이 죄다 섭렵해야만
했으나, 한 학기 내에는 불가능 했다. 임시방편으로 Video와 DVD
를 통해 관람시키고 난 후, 관람 평과 토론을 시키고 해설을 곁들였
다. 반응이 아주 좋았다. 이제 퇴임으로 강의를 그만 둔 상황에서 해
양문학을 좋아하거나, 하려는 이들에게 이 책들은 필독하라는 뜻이
다. 영화로는 뤽 베송 감독의 프랑스 영화 원명: <르 그랑 블뢰: Le
Grand Bleu: 위대한 바다>, 영어명 <The Big Blue> 우리말로 번역한
<그랑부르>를 권유한다. 참고로 오딧세이아, 백경, 노인과 바다 등,

3편은 DVD가 있어도 <해저 2만리>는 없으므로 참고문헌에 올려놓은 책을 봐야만 한다. 학창시절에 미국배우 '제임스 메이슨'이 주연한 영화를 본 적 있으나, 후에 Video로 제작하지 않았기 때문이라 한다. ―

a. 오딧세이아 (Odysseia)

기원 전 900년 경에 호메로스(영, 호머)에 의해 쓰여 진 것으로 추정되는 이 대서사시는 서양문학의 귀감이 될 뿐만 아니라 서양인들의 정신세계에도 큰 영향을 미친 불후의 명작이다.

이미 다 이루어 졌을 작품의 진수眞髓에 대한 접근은 그리스나 영미문학의 몫으로 돌리고 해양문학에서는 바다의 입장에 서서 살펴볼 필요가 있다. '트로이 목마' 계략으로 전쟁을 승리로 이끈 '오딧세우스Odysseus' (영, 율리시즈 Ulysses) 는 인간승리에 도취한 나머지 신의 존재를 무시하고 '포세이돈Poseidon'(로마, Naptune) 의 신전과 석상을 파괴한다. 소위 해신海神을 모독한 것이다. 이런 괘심 죄로 20여년간 귀향하지 못하고 지중해에서 갖은 고초를 격게 된다. 원인을 제공한 오딧세우스와 응징에 나선 포세이돈 덕분에'세계 해양문학의 원조' 가 된 이 작품은 '절대 바다를 모독해서는 안된다!'는 교훈을 남겼다. 포세이돈이 바로 바다이기 때문이다.

줄거리는 트로이를 함락시킨 후 트로이의 전쟁영웅이자 이타케 왕국의 왕인 율리시즈는 귀국하던 도중 폭풍우를 만나 표류한 뒤 여신 칼립소 밑에서 고향을 그리며 절해의 고도에 머무르고 있었다. 그 때 그의 고향에서는 아내 페넬로페가 떠난 지 20년이 되어도 소식이 없는 남편 대신에 자신을 아내로 삼아 왕좌에 오르려는 귀족들의 횡포를 기지로 물리치고 오로지 남편이 돌아오기만 기다린다. 페넬로페는 율리시즈의 활로 활쏘기 시합에서 승리자와 결혼하겠다고 약속한다.

그러나 아무도 율리시즈의 활을 쏘지 못하자 율리시즈는 그 자신의 활로 무례한 구혼자들을 제거하고 자신의 신분을 밝혀 아내와 다시 상봉한다는 것이 간추린 내용이다.

이 작품은 호메로스 자신의 창작이라기보다 이전부터 그리스 민족 사이에 전해 오는 수많은 신화와 전설들을 서사시 형식으로 다듬고 연결시켜, 불후의 문학작품으로 승화시킨 것으로 알려져 있다. 서구문학에 있어서 고금의 모든 시문학의 귀감이 된 점도 특기할 점이지만, 거의 전편에 걸쳐 행해지는 율리시즈의 바다에서 고난과 모험, 사랑과 해신의 응징 등에서 가위 해양문학의 원조元祖라 할 수 있는 대서사시다. 이는 바다를 주로 서정적으로 묘사한 우리네 동양보다 일찍이 해양문학을 발전시킨 서양인들의 진취적인 행동이 율리시즈의 바다에서의 모험과 무관하지 않은데 기인한다고 본다.

그러나 오딧세우스의 2,800 여년 후배 '에이헵Ahab' 선장이 이 준엄한 교훈을 무시하고 '모비 딕'에게 몹쓸 짓을 자행한다.

b. 모비 딕

'모비 딕' 은 거대한 하얀고래 백경白鯨의 별명이다. 그러나 지구상에 하얀고래는 '돌핀' 종류에는 있어도 혹등고래 류에는 존재하지 않는다고 한다. 그런데도 '멜빌'이 등장시킨 백경이 무엇의 상징[*]인

---

[*] Sullivan,J.W.N 「The Symbolism of the whale in Melville's Moby Dick」Britannnica Instant Research Service

지가 후세 사람들의 논란대상이 되고 있다.

『모비 딕』은 거대한 흰 고래 모비 딕에게 한 쪽 다리를 잃고 복수의 일념에 찬 에이헵Ahab 선장이 포경선 피쿼드호로 모비 딕을 찾아내 복수를 하지만, 자신도 선원 전원과 피쿼드호와 함께 수장되고 화자話者인 이슈메일Ishmael만 살아남는다는 내용의 소설이다. 해양문학의 백미白眉라고도 일컬어지는 이 소설에서 에이헵 선장이 집요하게 추적하는 모비 딕의 상징성에 대해 여러 가지 가설이 유추類推되고 있다. 예컨대, 악惡의 상징 또는 신神 등으로 관점에 따라 다양하게 해석되고 있지만, 에이헵 선장에게 있어서 대양을 누비고 다니는 모비 딕은 결코 정복되지 않는 거대한 바다의 하얀 악마일 따름이다.

그러나 모비 딕은 그 이면裏面의 상징에서 '결코 정복될 수 없는 대자연'으로도 볼 수 있으며, 에이헵은 대자연에 도전하는 인간의 무모함을 대신하는 것으로 볼 수도 있다. 그 무모함을 긍정적인 시각으로는 "대자연이나 또는 그 이상인 초자연적인 힘에 도전하는 인간의 의지 내지는 인간 자기주장의 절정"으로 보게 되면 『모비 딕』에서 바다는 부정적인 바다가 되기도 한다.

우선 신(神:The God)이란 주장과 정반대 개념인 악(惡:Devil)으로 보는 시각에 '프로이드가' 말하는 '초자아(Super-ego)와 바다를 의미하는 대자연(The Nature)이란 주장이 대두된다.

— 멜빌이 『모비 딕』을 처음 발표했을 때, 세인들의 관심을 끌지 못하자 화가 치밀어 자기 책을 집어 던졌다는 일화가 전해 온다. 그후 멜빌 탄생 100주년 기념일에 미국의 저명한 비평가 두 사람이 대단한 작품이라고 호평한데 힘입어 지금 같은 명성을 얻게 되었다고 한다. 만약 발간 때부터 호평을 받았다면 틀림없이 모비 딕이 무엇의 상징이라고 자랑스레 피력했을 것이다. — 그러나 이 사지선다형

중에 정답은 알려지지 않았지만 나름대로 추정은 가능하다. 작가들이 대게의 경우 작중인물, 특히 주인공은 캐릭터에 맞도록 작명하는 경향이 짙다.

그런데 에이헵Ahab은 구약성서에서 폭군왕이다. 멜빌이 왜 존경받는 선장을 폭군왕명으로 작명했는지가 의문의 열쇠가 된다. 에이헵은 줄기차게 모비 딕에게 폭군 짓도 모자라 정복하고 파멸시키려 들다가 결국 자신은 물론 부하 선원 모두를 파멸로 몰아간다. 여기에 착안하면 '모비 딕'은 인간에게 결코 정복될 수 없는 '바다'의 상징으로 보는 것이 타당하다고 본다.

모비 딕이 바다 속으로 유유히 사라진 1세기 이후의 멕시코만에 한 노인 어부가 외 돛에 쪽배타고 등장한다.

c. 노인과 바다

'헤밍웨이'가 이전에도 좋은 작품을 많이 썼지만, 노벨문학상은 이 작품의 도움, 즉 3일동안 고요했던 바다 덕분에 수상했다. 앞서 본 '오딧세우스'는 바다 앞에서 시쳇말로 까불다가 혼이 났고, 에이헵은 정복하려다 파멸의 길로 간다. 그러나 노인 어부 '산티아고'는 3일 동안 거대한 청새치와의 사투에서 '해양친화'의 길을 택한다. 그러나 여기서는 뼈만 남긴 청새치가 무엇의 상징이냐는 문제가 대두된다. 영문학에서 보는 '허무의 상징'에 동감하면서 '과욕하지 말라'는 교훈도 간과할 수 없다. 어부가 고기를 많이 잡는 것은 당연한 이치다. 하지만 생존을 넘어 과욕을 하게 되면 허무만 남는 예를 우리 연안의 어족자원 고갈과 세월호 사태, 세계 굴지의 해운회사 몰락에서 보고 있다. 그러나 실제 원양어선 선장출신들의 이 작품에 대한

회의론도 만만치 않다.

　─ 우선 아무리 청새치가 거대하고 노인의 외 돛 쪽배가 작더라도 3일 동안이나 끌고 다니지 못한다. 아마 모비 딕이었다 하더라도 불가능 하다. 둘째로 청새치는 입천장이 약해 영화에서처럼 수면위로 도약하게 되면 낚시가 벗겨진다고 원양어선 선장들은 지적하기도 한다. 진정성을 중시하는 해양문학의 입장에서 볼 때, 헤밍웨이가 실증법을 위반한 것이다. 하지만 영문학에서 말하듯이 바다를 인간 의지의 실험장으로 부각시키는 데는 크게 기여했고 해양소설로서는 최초로 노벨상을 탔다. 심사과정에서 이런 사실(fact)을 몰랐을 수도 있고, 헤밍웨이의 그간의 업적을 보아 모른 척 해 주었을 수도 있다. 어느 경우든 문학에서나 가능한 일이고 바로 문학의 힘이긴 하나 해양문학에서 실제 배의 운항이나 어로 작업 등에는 문학적인 상상력이라 해도 허용해서 안 된다. 자칫 배나 선원의 안위에 엄청난 손실을 입힐 수 있기 때문이다. 단지 (여기서 3일은 요나가 고래 뱃속에서 3일간 회개한 것과 연관이 있을 지도 모른다.) 정도의 상상은 가능하다. ─ 또한, '산티아고Santiago' 노인이 청새치를 상어에게 뜯어 먹히지 않고 고스란히 시장에 내다 팔았다면 아마도 노벨상 수상 대상작이 되지 못했을 것이다. 한 어부의 일상적 이야기에 불과하고 해양 친화사상과 바다에서 과욕하지 말라는 교훈이 희석되기 때문이다.

d. 해저 2만 리

　앞서 본 세 작품의 공통점은 바다를 모독하지 말고, 정복하려 들지 말며, 과욕을 부리지 마라 는 금지 사항이 주안점 이었다. 그러나 비평가들에 의해 '과학공상소설'로 분류된 이 소설은 바다에 대한 금지 사항은 아예 없고 '해저海底로'를 권유하는 점이 사뭇 다르다. 이 과정에서 작가 '쥘 베른' 자신도 예견치 못했을 공헌을 잠수함 '노틸러스Nautilus(앵무조개)'가 하게 된다.

　─ 세계 제 2차 대전이 발발하자 미국에서 유럽으로 전쟁물자를 수송하는 보급선을 'U 보트' 로 명명된 독일 잠수함들이 어뢰로 격침시킨다. 연합군은 잠수함 잡는 '구축함'을 급히 건조하고 해전에 투입했으나 고전을 면치는 못했다.

　그러나 물밑에 숨어 있는 잠수함에도 '아킬레스' 근은 있었다. 해저에 주유소를 만들 수는 없으므로 연료보급과 디젤엔진용 압축공기 보급을 위해 수면 위로 부상하면 연합군 정찰기들이 탐지, 즉시 연합군 전투기들의 공격을 받곤 했다. 2차 대전이 끝난 후 과학자들이 연료보급 없이 몇 달 동안이나 바다 밑을 돌아다닐 수 있는 잠수함 '노틸러스' 에 착안*), 원자력 잠수함을 건조하게 된다. 미·소 냉전 시절 미국이 소련보다 먼저 원자력 잠수함을 건조하고 세계만방에 자랑한 제1호를 '노틸러스' 라고 명명했다는 사실이 이를 증명해 준다. 현재 인류가 제작한 무기 중에 가장 가공할 무기가 원자력 잠

수함이라 한다. 전쟁을 수행 하는 것이 아니라 억제하는 역할을 한다면 인류에 대한 공헌이 됨과 동시에 해양문학의 위대한 소산所産이기도 하다.

'네모' 함장은 잠수함 운용뿐만 아니라, 문화와 예술 등 다방면에 달인達人의 면모를 보인다. 라틴어 Nemo는 영어로는 Nobody 이듯이 '네모Nemo' 함장은 모든 분야의 달인이었다. 모든 인간은 자유롭기를 원하기에 진정한 자유는 노틸러스 처럼 해저도시로 육지가 아닌 바다 속에서 찾으라고 권유한다.

－ 서양문학에서는 아직 착공도 못한 해저도시를 우리 고전문학에서는 준공한지 오래다. 삼국유사 중 수로水路부인은 일곱가지 보석으로 지어 진 용궁에서 맛있고 신선한 음식을 융숭히 대접 받았고, 심청이는 인당소에 발부터 다이빙 한 후에 용왕의부인이 되었다. －

소위'입산수도入山修道 '가 아니라'입해수도入海修道 '를 권하는 것이다. 불문학에서는 그 당시 민중을 억압하는 왕정王政 에 대한 반발로 육지를 배격하는 것으로 보지만, 해양문학의 입장에서는'바다가 영원한 안식처'란 주장으로 본다. 또한 현실성이 희박한 권유이긴 하

나 원폭의 위기감이 고조되는 현재의 정세를 감안할 때, 또 어떤 아이디어를 우리에게 제공할 지도 모를 일이다.

끝으로 앞에서 살펴 본 작품 넷에는 여주인공이 없다는 것을 공통점으로 들 수 있다. 바로 해양소설의 가장 두드러진 특징이다. 대게의 경우 전기傳記소설이나 넌 픽션물을 제외하고는 여주인공이 없는 소설은 없다. 여성이 없으면 작품자체가 성립되지 못할 뿐더러 사랑과 행복도 이별과 눈물도 없기 때문이다. 인간사에 일어날 수 있는 심리적 갈등 같은 일이 전개되지 않으니 해양소설이 단조로울 수밖에 없는 것이다. 게다가 19세기 경에는 청소년들이 마땅히 읽을거리가 없었고 야한 장면도 없는데 부모들이 자식들의 탐독을 말릴 필요도 없었을 것은 자명하다.

이런 연유로 이 작품을 아동문학으로 보는 시각에는 동의하기 힘들다. 이 네 작품 속에 깃든 작가들의 사상이 간단명료한 것도 이런 관점과 무관하지 않을 것으로 본다.

---

*) 과학자들이 노틸러스에서 아이디어를 얻었다는 기록을 본 적 없어 세계 제2차 대전의 일화와 나 자신의 문학적인 상상에 따른다.

제 5 장

바다의 본질

1. 물(海水)의 이미지

지금까지 보아온 바다는 그 양상이 어떠하든 간에 물에 의한 것이다. "물이 만물의 근원"이라고 주장한 고대 그리스 철학자 탈레스 Thales의 일원론—元論적 관점과 현대 물리학에서 최초의 생명은 바다에 있었을 것으로 추정하듯이, 바다를 이루는 바닷물은 태고太古부터 모든 생명체의 어머니 격이었다. 또한 한 방울의 물도 그 순환작용에 의해 결국 물의 총체인 바닷물에 흡수되므로 모든 물은 바닷물이 되기 위한 예비상태로 잠시 머물러 있는 데 불과하다. 따라서 모든 물의 중요성은 바로 바닷물의 중요성과도 직결되는 까닭에 순수한 물의 모성은 바다자체나 바다를 이루는 바닷물의 모성도 상징하는 것이 된다. 이런 점은 상상을 동원할 수 있는 문학을 떠나 현실의 세계인 자연과학에서도 물의 모성은 증명된다. 물의 빙점은 0도이지만 물의 비중이 가장 무거운 것은 영상 4도이다. 그러므로 어느 정도의 깊이만 유지된다면 물의 표면은 얼더라도 그 밑층은 얼지 않는다.

수생水生 생물들은 이러한 물의 모성 덕분에 살아갈 수 있는 것이다. 더욱이 염분이 다량 함유된 바닷물은 극지방 외에는 거의 얼지 않기 때문에 모든 해양 생물들이 삶을 영위해 가고 있다. 게다가 얼더라도 얼음은 다른 고체와는 달리 물 위에 뜬다. 우리는 평소에 이러한 물, 모든 물의 총체인 바닷물의 감춰진 모성을 인식하지 못할 따름이다. 물이 지닌 엄청난 부력과 함께 물의 이러한 역할은 종교적인 입장에서는 신의 섭리가 되겠지만, 종교를 떠나서는 '물의 모성'이 된다.

인간에 대한 물의 존재의미에 대해 에모토 마사루(I.H.M, 국제 파동회 대표) 는 그의 저서 『물은 답을 알고 있다』의 프롤로그에서

> 인간의 몸은 70퍼센트가 물이고, 인간이 형성되는 최초의 시기인 수정란 때는 99퍼센트가 물입니다. 막 태어났을 때는 90퍼센트, 완전히 성장하면 70퍼센트, 죽을 때는 50퍼센트 정도가 됩니다. 그렇게 인간이 태어나서 죽을 때까지 거의 물 상태로 살아갑니다. 물질적으로 볼 때 인간은 물입니다. (...) 어떤 인종에도 이 전제는 변함이 없습니다. 이것은 전 세계의 모든 인간에게 공통되는 진실입니다. 나아가 인간이 어떻게 살아야 하는가를 알 수도 있습니다. 건강하고 행복한 삶을 살려면 어떻게 해야 할까요. 그건 너무도 간단합니다. 우리 몸의 70퍼센트를 차지하고 있는 물을 깨끗하게 하면 되는 것입니다.

물이 우리에게 전하는 놀라운 메시지를 글과 사진으로 제시하고 있는 전 2권으로 된 위의 책 1권에서 상세히 서술하고 있다.

이러한 물의 순수성에 대한 강조는 마르실리(Ghislain de Marsily, 빠리 6대학 실용지질학교수)의 『물 l'eau』의 서두에 직설적으로 서술되어 있다.

이 부족한 글을 라인강의 그 유명한 인어 로렐라이에게 탄원서로 바친다. 로렐라이의 노래가 선원들을 심연으로 유혹하는 대신 사람들의 마음속에 다음과 같은 생각을 심어주기 바란다. 대륙과 해양의 물은 인간들의 오물처리장이 아니고, 수자원은 무궁무진하지도 않으며, 지금부터 우리가 지구 전체의 수자원에 관한 대규모 관리 및 처리계획을 세우지 않는다면 2075년에 100억이 될 지구 인구를 먹여 살리는 일은 불가능하다는 것을…

마르실리의 이러한 경고를 이연주(1953, 전북 군산 출생)는 다음과 같이 탄식한다.

모든 폐기물들이 나와 함께
하수구를 흘러 내려간다
수런거리는 날들을, 내가 나를 덮고
온갖 찌꺼기들에 뒤섞여 유언 하나를 남긴다
땅 위에서는 아득히 들려오는
개 짖는 소리, 사람들의 아우성
벽을 쳐대는 희미한 혼령의 소리도 들려왔다
잃는다는 것을 모른다, 나는 이미
바다의 틈 사이로 스며들고 있는 것이다
죽은 쥐들과 살육 당한 동물들의 뼈다귀와

독한 냄새를 피우는 배설물들과
나는 강을 건널 것이며
물고기들은 바다로 흘러 들어온
지상의 폐기물들의 살을 먹는 것이다
바다는 요니의 자궁

문둥이가 와서 그 물에 손과 발을 씻었더니
그 병이 나았다 하더라.
「바다로 가는 유언」

이토록 세상만물의 아름다움을 노래하는 시인의 눈에서조차 현금 現今에 벌어지는 바다 오염의 심각성은 절실한 것이다.

— 바다의 파도는 육지에서 버려진 온갖 부유물들을 다시 육지에 뱉어놓는다. 이 현상은 다시 말하자면 바다의 거부행위요, 자기보호 행위이다. 또한 파도는 마치 쟁기로 밭을 갈 듯이 바다라는 밭을 갈 아엎어 바다생물들에게 산소를 공급하는 양육행위도 한다. 파도의 이러한 작용은 바다와 그 물이 지닌 모성 중에 하나가 된다. 끊임없 는 파도의 이러한 두 행위는 바다자체와 그 생물들을 보호한다. 그 러나 바다라는 근육에 스며드는 주사액이라 할 오수汚水(영화 "괴물" 을 탄생시킨)의 침투에는 바다로서도 별 도리가 없을 것이다. 다도 해, '리아스'식 해안의 특성으로 바닷물이 정체된 곳이 많은 남해안 에서, 해마다 여름에 발생하는 적조赤潮현상은 이러한 바다의 의사표 명으로도 볼 수 있다. —

또한 모든 물의 순수성은 바슐라르의 다음 인용으로 이어진다.

> 형식을 지배하는 것은 물질이다. 유방이 둥근 것은 그것이 모 유로 부풀어 있기 때문이다. (...) 바다는 모성 그 자체이고, 그 물은 경이로운 젖이다.

단지 문학적인 상상력에 의해서만이 아니라 자연과학의 측면에서 볼 적에도 바닷물과 모유는 둘 다 풍부한 자양분을 함유하고 있으므 로 바닷물을 모유에 비유하는 것이 색다른 이론이라 하기보다는 단 지 인식상의 문제로 볼 수 있다. 그러나 바다에 대한 긍정적인 사고 의 함양이라는 차원에서 볼 때, 인식함과 그렇지 못함에는 중대한 차이가 있다. 즉 바닷물이 지닌 모성의 인식에서는 다음과 같은 추정이 가능하다. "유방이 둥근 것이 모유로 부풀어있기 때문"이라면, 파도가 둥근 것도 바다가 모유로 부풀어 있기 때문이라는 문학적인 상상력이 성립될 것이고, 아울러 바닷가 몽돌의 둥근 모습에서도 여성적인 이미지를 찾아볼 수 있는 것이다. 모성을 지닌 바닷물의 필수요건으로 그 순수성과 모성에 대한 경외심과 특히, 물의 순수화를 통한 모성의 이미지를 부각시키기 위한 것으로 보아야 한다. 모성을 위한 물의 순수성을 강조하기 위해 다음과 같이 말하기도 한다.

한 방울의 순수한 물이 대양을 정화하기에 충분하고, 한 방울의 불순한 물이 우주를 오염시키기에 충분하다.

물의 순수성을 견지하려는 이러한 주장을 그가 이제껏 펼쳐온 문학적인 상상력을 떠나 현실에 대한 논리로 보아야 하는 것은 바다의 본질이 그 물과 함께 위대한 모성에 있으므로 불순한 물에서 모성의 이미지는 존재할 수 없기 때문이다.

「암흑의 대양」을 통해 바다를 극단적인 부정으로 몰고 갔던 '빅톨위고' 는 다음 시에서도 바다에 대한 부정적인 이미지와 물의 순수성을 동시에 은유해 놓았다.

바위 속의 샘물이
방울방울 심술궂은 바다로 떨어져
대양은 피치 못할 카론의 뱃사공,
대양이 샘물에게 묻는다,
"나에게서 뭘 원하지 울보 아가씨?"

나는 폭풍이고 공포야,
나는 하늘이 시작되는 곳에서

끝난단다. "꼬마 아가씨야, 내가
너를 바랄까, 이 만큼 넓은데?"

샘물이 깊고 깊은 심연의 바다에게 답하기를
"그대에게 날 드리겠어요
아무 소리도 영광도 없이,
하지만, 오 광대한 바다여! 그대에게
부족한 건, 마실 수 있는
한 방울의 물이에요. "

「바다로 떨어지는 샘물」

3행의 카론Charon은 서양 사람들만 황천길로 인도하는 뱃사공이고, 이 시의 외형률外形律도 광활하고도 거친 바다의 위험성이 오만의 형태로 나타나 바다에 대해 부정적인 이미지를 풍기고 있다. 또한 끊임없이 떨어지는 물방울의 형상에서 "울보 아가씨"로 은유된 '순수한 물의 영속성'의 이미지와 마지막 연에서 순수한 물의 상징이라 할 "한 방울의 샘물이라도 바다가 마실 수 있는 물이 필요하다"는 뜻은 바다의 짠물을 빗대어 모든 종류의 물에 대한 순수성을 강조하는 것이 이 시의 내재율內在律로 보인다.

이와 같이 모든 물의 순수성은 모성을 지닌 바닷물의 요건이 되고, 그 요건은 바닷물의 모성을 상징하는 것이므로 정靜적인 물의 모성적인 이미지가 동動적인 바다로 그 범위를 넓혀 가게 된다.

2. 바다의 모성母性

이미 고찰해 본 바와 같이 바다의 특성은 생과 멸로 대별되고 관념에 따라 긍정과 부정의 양면성을 지니고 있다. 그러나 인간이 삶을 영위함에 있어서 지구를 평면으로 만든다면, 그 평균 수심이 3km나 된다는 무한한 바다에 대한 태도는 항상 경외심과 함께 긍정적이어야만 할 것이다. 현대는 해양개척과 해양환경오염이란 서로 상반된 상황이 바다에서 이루어지고 있지만, 그 어떤 경우라도 인류의 생존과 직결되는 해양보존은 영원한 과제인 것은 틀림없는 현실이다. 이런 연유로 바다를 동경하고 사랑하며 경외하는 경우들을 문학 속에서 발췌, 인용하여 바다에 대한 긍정적인 태도를 견지하려는 노력의 귀결은 자연과학이나 문학을 통하여 바다의 본질을 옳게 인식함으로써 가능해질 수 있다고 본다. 이재우의『해양명시집』중 찰스 스윈번(C. Swinburne, 1837~1909, 영국 시인)은 그의 시 1연에서 모성의 바다를 직유直喩하고 있다.

> 나는 거룩하고 다정한 어머니 품안으로 돌아가리,
> 인간의 어머니요, 연인인 바다의 품으로.
> 나 혼자만이, 그녀에게 달려가서,
> 껴안고, 입 맞추며, 함께 서로 어울리고져,
>
>
> 그녀에게 매달려, 싸우고, 붙잡고, 놓지 않으리라.
> 오랜 옛날, 형제도, 자매도, 아무도 없이 태어난
> 오오, 아름답고 하이얀 어머니시여,
> 그대 마음 거침없으니, 내 마음도 풀어 주오.
>
> 「바다」 (일부)

이처럼 시에서는 바다의 모성을 단적으로 나타내기도 하지만 모성이란 여성적 이미지를 감안할 때 좀 더 은밀한 접근도 필요하다고 생각된다. 이런 점에서 "양초의 본질이 밀납이 아니라 그 불빛에 있음"을 지적한 생떽스(생떽쥐뻬리, Saint-Exupéry의 애칭)가『성채城砦』에

서 바다에 대한 인식을 다음과 같이 비평하는 것을 들어 볼 필요가
있다.

> 배에서 살게 되면 바다를 더 이상 보지 못한다. 설혹 바다를
> 본다고 하더라도 바다는 배의 장식에 지나지 않는 것이다. 정신
> 의 힘이란 이런 것이다. 배를 타고 있는 사람에게 있어서, 바다
> 는 배의 운송수단으로만 비칠 따름이다.

생떽스는 비행사였다. 배와는 관련 없는 그가 여기서 말하는 그의
유작遺作이 된『성채』를 통해 추구하는 '이상향'을 배에 비유하고, 바
다는 '이상향을 향한 정신적인 노력'을, 그리고 배에 탄 사람은 선원
이나 승선자가 아니고 우리 인간의 비유일 것이다.

그러나 우리가 바다를 관조할 적에는 4가지 경우를 들 수 있다.
즉 육지에서, 항해 중에, 하늘에서와 바닷물 속에서이다. 생떽스는
항상 하늘과 땅, 또는 바다 사이가 자신의 활동과 사고의 무대였다.
인간과 신 사이에서 내려다보이는 대지나 바다를 관조하며 자신이
반쯤은 신이 된 것으로 여겼는지도 모른다. 별 나라에서 불러 온 '어
린 왕자'를 다시 별 나라로 돌려보낸 것도 이런 연유에 의한 것으로
도 볼 수 있다. 그러나 해양 문학의 입장에서는 그가 창공에서 관조
한 바다와 배에 대해 관심을 기울일 수밖에 없다. 만약 생떽스가 뱃
사람이었다면, '바다의 본질이 그 광활함이 아니라 모성에 있다.'고
했을지도 모를 일이다. 바다의 입장에서는 그가 직설적으로 바다의
본질에 대해 언급하지는 않았더라도 "정신의 힘이란 그런 것이다"에
서 바다에 대한 인식의 오류나 결여에 대한 비판을 감지할 수 있다.
이는 바다의 본질을 인식하지 못하고 단순히 하나의 수단으로만 간
주하려는 정신적인 태도를 힐책하고, 본질에 접근토록 하는 암시가

되는 것이다.

　그러나 여러 작가들이 바다에 대한 이 원초原初적인 의문을 그들의 관조와 명상을 통해 바다의 본질이 모성에 있다는 점을 그들의 작품 속에 직설적으로 때로는 상징적으로 표출시키고 있으므로, 연역적인 방법으로 바다의 모성에 대한 논증이 가능하다. 물과 바다의 본질에 대해 바슐라르는 그의 말대로 물리학적으로 또는 문학적인 상상력을 통하여 분석하고 있다.

　　4원소 중에서 흔들어 줄 수 있는 것은 물뿐이다. 물은 흔드는 원소인 것이다. (...) 물은 마치 어머니처럼 흔들어 준다. (...) 그러나 거칠지 않은 생생하고 리듬 있는 동요가 거기에 있다. 그 동요는 거의 움직이지 않는 매우 고요한 동요이다. 물은 우리를 실어가고 흔들어 주며, 우리를 잠재우고 우리들의 어머니에게 데려다 준다. (...) 감상적인 면에서 자연은 어머니의 투영인 것이다. 특히 바다는 모든 인간에게 가장 위대하고 변치 않는 모성 중에 하나이다.

　노한 바다에서의 흔들림은 생의 파멸을 초래할 수도 있는 가능성을 의미하지만, 요람의 흔들림은 안식의 흔들림이고 "4원소 중에서 흔들어줄 수 있는 원소는 물 뿐"이며 요람을 흔들어 주는 이는 어머니이다. 폭풍의 바다가 요람이라 할 수 없는 것은 격노하는 어머니의 이미지가 생소하듯이, 바다의 격노도 예사가 아니므로 요람의 바다는 곧 일상의 바다를 의미한다. 오랫동안 항해해 본 경험이 있는 사람이라면 "물결의 리듬을 타고 가볍게 흔들리는 배의 동요"가 어머니의 손길에 의한 요람이란 점에 동감할 수 있을 것이고, 이러한 지적은 문학에서나 가능하다고 본다. 고요한 바다에 대한 요람의 이미지는 문학적인 상상력을 떠나 실제 경험에 의해 입증할 수 있는 상황이란 것을 모든 항해자들이 느낄 수 있을 것으로 추정할 수 있는 것은, 그들이 이런 관점을 인식하고 인정하느냐에 달려 있는 것이 아니라, 미처 인식하지 못할 수도 있을 것이란 추측에 의해서이다. 그러나 이보다 더한 바다에 대한 긍정적인 사고와 태도도 없을 것이고 우리가 의무적으로라도 바다를 사랑하고 동경하며, 바다에 대해 경건한 자세와 함께 경각심도 가져야만 하는 이유는 바다가 우리의 영원한 어머니란 사실에 기인한다. 또한, 본격적인 해양문학 작품들에서 여성이 등장하지 않은 것도 바다의 여성적인 이미지를 통한 모성적인 이미지와 무관하지 않을 것이다.

바슐라르는『물과 꿈』서두에서 자신은 "거의 서른 살이 되어서야 처음으로 대양을 보았다. 그래서 바다에 대한 글을 잘 쓸 것 같지 않다."고 술회하듯이 그는 골짜기가 많은 산골태생이다. 그래서인지 물에 대한 자신의 자세한 분석에 비해 바다에 관한 것은 상당부분 다른 학자나 작가의 주장을 인용하고 있다. 만약 그가 바닷가에서 태어나고 성장했다면 좀 더 생생한 자신의 직접체험으로 바다를 분석하지 않았을까 하는 꿈같은 생각, 즉 몽상도 해보게 되지만, 바다 경험이 거의 없으면서도 고요한 바다의 흔들림을 '요람'으로 보는 그의 식견은 탁월하다.

이 요람에 대해 천금성은 2차대전시 일본군의 장교로 숨겨둔 금괴를 다시 찾으려는 '가네다'란 노인에게 납치된 1등항해사의 모험적인 항해를 그린 그의 장편 해양소설『남지나해의 끝』을 다음 글로 시작하고 있다.

배는 가볍게 롤링rolling을 하고 있었다. 파도가 뱃전을 때리는 소리가 그의 귀를 간질였다. 언제나 그랬다. 물위에 떠 있는 배는 언제나 그렇게 부단하게 흔들리는 것이다. (...) 그런 배에 몸을 싣고 있노라면 몸뚱어리는 언제나 허공에 떠 있는 것처럼 여겨진다. 그렇다. 바다는 그런 것이다. 삐걱거리는 침대에다 몸을 내던지고 잠을 잘 때도 사람들의 몸뚱어리는 배의 흔들림에 따라서 함께 동조한다. 그렇다고 잠이 들었을 때, 배의 흔들림 때문에 잠을 설치는 경우란 없다. 요람 위에서 깊이 잠든 것처럼.

위의 인용에서 "배의 흔들림"을 '요람' 으로 묘사하게 되는 것은 바다에서의 직접체험이 문학적으로 승화된, 체험하지 않고는 할 수 없는 표현이다.

— 실제로 고요히 항해 중인 배에서 편히 잠들곤 한 적 있다. 바다가 뒤척일 필요가 없도록 일정한 리듬으로 흔들어주었기 때문이다. —

또한, 바다의 모성에 관한 직접체험이 비단 바다 일에 종사하는 뱃사람에 한정되는 것만이 아니라 모든 항해자, 즉 잔잔한 바다에 나가보는 이는 누구나 느낄 수 있다는 것을 다음 글에 담아 보았다.

7월4일, 맑음. 상해에서 부산으로 귀항.
양자강 하구 조수간만의 차이 때문에 아침에 출항 예정이던 배가 저녁 6시에 출항할 때
"하버 스피드!"
로 항내 감속을 유지시키던 중국인 파일럿이 강 하구에 정박하고 있는 다소 기묘하게 생긴 배 '파일럿 스테이션'에 내린 얼마 후, 사관 휴게실에 걸린 달력이 좌우로 조금씩 흔들리기 시작했다. 스커틀(Scuttle: 환기창)을 통해 내다본 바다에는 잔잔한 파도만 일고 있었고, 강 교관이 배의 속력을 줄여 물결을 타기 때문일 거라 했다. 선실로 돌아 와 침대에 몸을 뉘었다. 머리맡 전등을 켜고 책을 보고 있는 동안 등 아래에서는 고요한 동요가 일고 있었다.
승선 첫날 두 교관의 안내를 받으며 선내를 두루 관선할 적

에 온통 쇳덩어리인 이 거대한 배를 물위에 띄우는 인간의 지혜와 바다의 부력에 새삼 감탄했었다. 더군다나 이 배는 20피트 크기의 컨테이너를 5천개가 넘게 적재할 수 있는 5,024TEU급이다. 부산의 부두 길은 대개 그 배가되는 40피트 컨테이너들이 누비고 다닌다. 이 배의 적화積貨능력을 사람에 비유하자면, 무언지 모를 화물을 가득 채운 40피트짜리 컨테이너를 뱃속인 홀드(선창)에 1천개 넘게 집어넣고, 등이라 할 덱크(갑판)에도 1천여 개나 짊어진 채, 24노트의 속력으로 달릴 수 있는 배다. 만약 육상에서 2,500대가 넘는 트레일러가 제각기 40피트나 되는 긴 컨테이너를 싣고 한 방향으로 움직인다면, 아마도 만리장성이 기어가는 것 같은 광경이 벌어질 것이다. 그것도 한번만으로 끝나는 것이 아니고 정기적이란 것은 육상운송이 도저히 꿈도 꿀 수 없고, 상상조차 할 수 없는 끔찍한 일이다. 이것이 해상운송의 장점인 동시에 바다만이 우리 인류에게 베풀 수 있는 혜택이다. 그 고마운 혜택이 이런 엄청난 덩치를 고요하게나마 흔드는 힘은 도대체 어디서 나온 것이며, 무엇인가? 라는 물음에 해답이 될 수 있는 것이다.

그 동안 바다의 율동적인 동요를 여러 사람이 요람이라 말해 왔다. 중학생시절, 숙부를 따라 헤밍웨이의 노인과 바다에 나오는 외돛배와 거의 흡사한 배를 타고 낚시질할 때와 그 후 5톤도 채 못 되는 소위 통통배를 타고 외줄낚시 하다가 멀미가 날 때, 갑판 위에 벌렁 드러누워 모자를 얼굴에 덮어쓰고 물결의 동요에 몸을 맡겨두면, 이내 잠이 들었다. 2~3시간 자고 난 뒤에 멀미는 싹 가셨고 다시 낚시를 한 적이 여러 번 있었다. 멀미에는 잠이 약이었고, 잠에는 등 밑의 율동적인 바다의 동요가 특효약이었다.

8박 9일간의 항해 일정 중에서 6일째인 어제 저녁까지도 등 밑에는 물결의 고요한 동요가 아니라, 엔진의 미미한 동요만 전해 왔다. 길이 289.5m, 넓이 32.2m, 높이 56.5m 에 51,300톤의 몸집과 24노트의 속력이 바다의 고요한 동요를 짓누르며 다녔기 때문이다. 그러나 승선 일주일만인 오늘 저녁 이 고요한 물결의 동요는 우리를 잠재워주는 어머니의 요람, 그 요람을 고요히 흔들어주는 손길에 가만히 몸을 맡겨두었다.

바다는 이와 같이 이 거대한 배를 띄워 주고, 데려가 주고, 흔들어 주고, 잠재워 준다. 이것이 바다가 지닌 인류에 대한 위대한 모성 중에 하나인 것이다.

-9일간의 항해- 중에서

또한, 최태규(창원대 교수)는 그의 논문 「프랑스 문학에 나타난 바다의 상징성」에서 바다의 이미지를 다음과 같이 설파하기도 한다.

바다는 언제나 매혹한다. 실지로 피로함을 경험하는 것이 아니고 피로하기 전부터 벌써 휴식을 구하는 사람들, 또 슬픔과 아픔 그리고 괴로움으로 지친 사람들, 상상과 환상 속에서 항해를 하고 싶어 하는 방랑자들, 바다는 이러한 사람들의 위안이 되고 격려가 되는 곳이다. (...) 배가 바다를 횡단한다. 그러나 배 지나간 자국은 곧 사라지게 마련이다. 흔적을 남기지 않는다. 바다의 위대한 순결은 여기에서 나온다. 바다는 영원한 처녀성을 지닌다. 아무리 할퀴고 파문을 낸다한들 그 이후에는 이내 고요와 침묵이다. 그만큼 바다는 한편으론 너그럽고 관대하다. 바다는 역시 침묵이고 사랑이다. 이처럼 바다는 멈추지 아니하고 그리고 한결같이, 온갖 망상과 착오와 어리석음으로 괴로워하거나 한정된 삶의 틀을 벗어나고 싶은 욕구와 향수로 가득 찬 인간에게 안락과 휴식을 허락하고 모든 것이 소멸되지 않을 것을 약속해 주는 매력을 지니고 있는 것이다. 문학 속에서 많은 주인공들이 그 같은 피로와 괴로움을 견디지 못한 채 바다로 떠나는 것은 그곳이 바로 휴식처이며 심지어 도피처이기 때문이다.

최태규의 견해는 미슐레의 다음 말로 귀결될 수 있다.

끊임없는 애무로 해안을 둥글게 만든 '바다'는 그에게 모성적인 윤곽을 던져 주고 있으며, 내가 말하고자 하는 바는, 아이가 느끼는 그토록 부드럽고 안전하며, 따뜻하고 편안한 여성 유방의 가시적인 자애이다.

여기서 말하는 '가시적인 여성 유방의 자애'는 '모성의 바다'에 대한 은유이고, '아이'는 '인간'의 은유로 본다. 이처럼 바다는 인간에게 '다정하고, 안락하며, 포근한 휴식'을 가져다주는 실체이고 이것이 '바다의 본질'인 '위대한 모성'이다.

에세이를 떠나, 시나 소설에서는 바다의 모성이 직설적이거나 은유되어 나타나지만, 특히 까뮈의 『이방인』에서는 은유라기보다 상징적으로 묘사되어 있어서 바다의 모성을 단적으로 암시하는 대표적인 소설로 간주된다. 이 소설이 "오이디푸스 콤플렉스Oedipus Complex"에 빠진 소설로도 불리는 것은 바로 바다에 대한 지극한 사랑에 기인한다. 소설 서두에 어머니의 사망소식 전제前提는 바다의 모성을 부각시키기 위한 작가의 의도가 고의적이라는 점이 다음 인용에 함축되어 있다.

> 면도를 하면서 오늘은 무엇을 할까 생각하다가, 해수욕 가기로 작정했다. (...) 해수욕을 하면서, 같이 근무하던 시절에 내가 몹시 사귀고 싶어 했었던 마리 꺄르도나를 물 속에서 다시 만났다. (...) 나는 마리가 부이 위에 올라가도록 도와주었는데, 그 과정에서 내 손이 그녀의 젖가슴에 살짝 스쳤다. 나는 부이 위의 그녀 곁으로 기어 올라갔다. 날씨는 좋았고, 마치 장난치듯이 머리를 뒤로 젖혀 그녀의 배를 베고 누웠다. (...) 목덜미 밑에서 마리의 배가 오르락내리락하는 것을 느끼고 있었다. 우리는 반쯤 잠이 든 채로 부이 위에 오랫동안 있었다.

해양海洋이란 단어에서 해는 깊이를, 양은 넓이를 뜻한다지만 우선 표의문자表意文字인 한자의 해海자를 풀어 보면, 삼수水 변에 어미 모母

가 결합되고, 그 위에 사람 인시이 떠 있는 형상, 즉 어머니란 물의 품속에 사람이 안겨있는 형상으로 이루어져 있음을 알 수 있다. 또한 표음문자表音文字인 프랑스어에서도 바다(라 메르: la mer)와 어머니(라 메르: la mère)는 음이 같다. 위의 인용은 소설『이방인異邦人』에서 주인공인 뫼르쏘Meursault가 양로원에서 여생을 보내던 어머니의 장례를 치르고 돌아 온 다음날 아침의 정경이다. 따라서 뫼르쏘가 생모生母를 여위게 되는 것은, 바다라는 상징적인 어머니를 찾아가기 위한 예비 조건이다. 또한 '작가의 계획된 장례'가 된다는 점은 장례를 치른 다음날 면도를 하다가 하필이면 다른 곳도 아닌 "해수욕 가기로 작정"하는 것에서 드러난다. 해수욕을 하면서 우연히 직장 동료였던 "마리를 다시 만나게"되는 것도 김화영(고려대 교수)이『문학상상력의 연구』에서 Marie: 마리=성모마리아=어머니라고 이미 지적한 대로, 어머니를 다시 만나는 것이 된다.

서양여자들 이름에 흔한 프랑스의 마리Marie나, 영·미의 매리Mary 그리고 이태리의 마리아Maria는 모두가 성모마리아를 지칭하는 이름들이다. 마리란 이름 자체가 어머니를 뜻하므로 어머니의 품속인 바닷물 속에서 '이중으로 어머니'를 만난 것이다. 이런 점에서 마리란 이름도 작가의 의도적인 작명일 것이고, 부이 위에 올라가는 마리를 도와주다가 그녀의 "젖가슴에 손이 살짝 스치는 것"도 작가의 고의에 의해 사주된 행위에 속한다고 단정할 수 있는 것은, 인체의 부위 중에 여성의 '유방만큼 어머니'를 상징할 수 있는 곳은 없을 것이기 때문이다. 부이 위에서의 행위와 정경도 예외는 아니다. 마리가 이미 올라가 누워있는 부이 위를 "기어 올라가서", "마치 장난치듯이" 그녀의 배를 베고 들어 눕는 행위는 어린애가 어머니의 품속을 파고드는 행위이고 "목덜미 밑에서 오르락내리락하는 마리의 배"는 마리의 호흡 때문이 아니라 '바다라는 어머니가 흔들어 주는 물결의 요람'이 된다. 따라서 바다와 마리라는 두 어머니 품속에서 '반쯤 잠이 드는 경지'에 빠지게 되는 것도 어린이에게는 자연스런 현상이다. 기어 다니는 시기의 어린이에게 있어서, 어머니의 품속은 가장 안락한 놀이터인 것이다. 이 인용의 모든 과정에서 외설적인 느낌을 가질 수 없는 것은 내용도 그러하려니와 작가의 의도로 보아지는 간결한 문체를 통해 수식어가 전혀 없는 점도 간과할 수 없는 요인이 되겠지만, 결국은 바다와 어머니를 동일시하는데 기인한다. 이러한 바다의 모성은 다음 인용에서도 드러난다.

> 일어나 보니 마리는 이미 가고 없었다. 숙모님 댁에 가 보아야 한다고 나에게 미리 말했었다. (...) 나는 마리의 머리카락이 남기고 간, 베개에 밴 소금냄새를 맡으며 10시까지 잤다.

마리가 남기고 간 "베개에 밴 소금냄새"는 여성의 체취가 아니라 바다냄새, 즉 어머니의 체취이고 어머니의 체취를 느끼며 10시까지나 늦잠을 잘 수 있는 것도 오직 어린이만 누릴 수 있는 특권인 것이다.

아기와 어머니, 그리고 잠에서 우리는 동요 "섬집아기"를 연상하게 된다.

> 엄마가　섬 그늘에　굴 따러 가면
> 아기가　혼자남아　집을 보다가
> 바다가　들려주는　자장노래에
> 팔 베고　스르르르　잠이 듭니다.

아기는   잠을 곤히   자고 있지만
갈매기   울음소리   맘이 설레어
다 못한   굴 바구니   머리에 이고
엄마는   모랫길을   달려옵니다.

「섬집아기」

뢰르쏘는 어머니 냄새가 잠재우지만 섬집아기를 잠재워 주는 것은
파도소리 즉 어머니의 소리다. 율동적으로 밀려오는 파도의 파장주기
는 우리의 호흡주기와 거의 같다고 한다. 이것이 바닷가에 서서 바다
를 바라보고 있을 때, 맘이 편해지는 이유 중에 하나이다. 이 동요를
비단 청소년뿐만 아니라 청장년들도 애창하는 것은 물가에서 태어 난
사람은 그의 무의식이 물의 지배를 받는다 듯이, 바로 그들 마음속에
잠재되어 있는 모성에 대한 무의식이 작용한 것으로 볼 수 있다. ―

제6장

우주의 인식

비록 바다에 대해 낙천적인 생각을 가진 사람들이란 단서가 붙기는 하지만, 우리는 왜 바다를 동경하고 바다로 나가며 바다를 바라보는가? 라는 의문에서 바다의 단조로움 속에 감추어진 여러 양태와 특성을 통해 바다의 본질이 위대하고도 영원히 변치 않는 모성에 있음을 고찰해 보았다. 바다의 본질이 모성에 있다는 전제에서는 지금까지의 분류 방식대로 바다의 특성을 하나로 규정지을 수 있다.

구원과 주술의 바다에서 구원이나 응징도 어머니가 할 수 있는 특권 중에 하나이며, 주술도 그 대상을 불문하고 어머니의 간절한 염원의 상징인 동시에 주술을 수용하는 것 또한 모성이 가진 자애심이다. 생존의 바다에서 탄생과 양육을 거쳐 다시 거두어들이는 멸의 바다도 어머니의 포용성이고, 잔잔한 바다에서의 낭만과 동경은 모성의 다정함과 안락함에서 유발될 수 있는 심리적인 안정감에서 기인되는 것이며, 노한 바다도 자식의 불손과 오만을 견제하고 계도하려는 모성이 지닌 특성인 것이다. 또한 계도만이 아니라 자신의 능력과 꿋꿋한 기상을 한껏 펼칠 수 있도록 도와주는 의지의 바다에 감추어진 은밀한 모성도, 결코 간과될 수 없는 특성 중에 하나가 되므로 결국 바다의 모든 양태가 모성으로 귀결된다. 그러나 수많은 작가들의 작품이 해양문학의 범주에 속하지 않으면서도 바다에 빠져드는 정황들이, 모성에만 기인한다고 단정 짓기에는 막연한 아쉬움과 함께 또 다른 의문이 제기되는 것을 부정할 수 없다.

왜 바슐라르는 바다와 바다물의 근원이 되는 강과 태양을 향하여 방뇨하지 말라는 무려 기원전 8세기경 시인인 헤시오도스의 경고를 현재에서도 주위를 환기시키고 있으며, "한 방울의 순수한 물이 대양을 정화시킬 수 있고, 단 한 방울의 오염된 물이 우주도 오염시킬 수 있다"고 대양뿐만이 아니라 우주의 오염까지도 강조하는가? 육당 선생은 왜 바다의 소망을 소년에게 바라면서도 "바다의 짝으로 푸른 하늘"을 지칭하는가?

또한, 문학외적으로는 축성수祝聖水로 세례하고 침례浸禮하는 종교 의식에서 다른 물질이 아닌 물, 즉 순수한 성수聖水를 사용한다는 점도 의문 중에 하나가 될 수 있는 것이다. 이러한 의문점들에 대한 명쾌한 해답은 아마도 조물주에 의한 종교적인 확신에서는 가능하겠지만, 종교를 떠나서는 자연의 섭리와 문학적인 상상력에 의존할 수밖에 없다.

소설 『이방인』에서 바다의 모성을 지극히도 강조했던 까뮈의 에세이 『여름』에서 바다의 본질인 모성을 초월할 수 있는 일말의 증후를 찾아볼 수 있다.

　　5일 동안 알제Alger시에 쉬지 않고 쏟아진 비는 바다까지도 적셔 버렸다. 아무리 퍼내어도 끝이 없을 것 같아 보이는 하늘의 정상에서, 농도 짙게 질척이는 끊임없는 소나기가 만灣에 퍼붓고 있었다. (…) 그러나 바닷물의 표면은 변함없이 내리는 빗속에서도 거의 움직이지 않는 것 같았다. 단지 이따금씩 눈에 보일 듯 말 듯한 널따란 움직임이 바다 위로 뿌연 수증기를 일으키고 있었고, (...) 어느 쪽으로 몸을 돌리더라도 마치 물을 호흡하는 것 같아서, 결국은 공기를 물처럼 마시는 것 같았다.

여기서 까뮈가 의도하는 바는 며칠 동안 줄기차게 퍼부은 비를 묘사한 것이라기보다, "하늘의 정상"과 "바다 위에서 올라가는 뿌연 수증기"에 있고 본다. 실제로 지구상에서 증발하는 수증기의 85%는 바다에서라고 자연과학이 증명하듯이, 하늘의 정상으로 묘사된 하늘과 바다 위에서 올라가는 수증기의 묘사에서, 자연현상인 태양과 바다에 의한 '순환작용'을 연상할 수 있으며 그 연상은 '하늘과 바다의 어울림인 우주적인 결합'의 의미를 갖는다. 이러한 하늘과 바다가 혼연일체가 된 상황의 묘사를 통해 모든 것이 물 속에 잠겨 있음을 상징적으로 표출시킨 것이다.

다시 말하자면 실제로 근 10달 동안 인간이 물 속에서 호흡하며 살던 시절이 있었다시피 우리는 온통 물 속에 잠겨있는 것이다. 이런 관점에 의해 까뮈가 "주위가 온통 물로 둘러싸여 마치 물을 호흡하는 것 같다"고 술회하는 것은 물, 즉 바다의 모성을 『이방인』에서 보다 더 직접적으로 암시함과 동시에 '하늘로 올라가는 뿌연 수증기'에 의해 바다와 하늘의 상관관계를 암시하는 것으로 볼 수 있다.

또한 원시해양의 생성이 시간을 초월하여 우주의 생성에 따른 것으로 볼 수 있으므로 바다는 하늘로 묘사되는 우주의 일부분이 된다. 에모토 마사루는 『물은 답을 알고 있다』에서 이렇게도 흥미로운 주장을 하고 있다.

약 46억 년 전, 지구가 만들어질 때 분출한 수증기가 비가 되어 지상에 내려 바다가 되었다는 것이 일반적인 설명입니다.(...)

여기에 대담한 반론을 제기한 학자가 있습니다. 아이오아 대학의 루이스 프랭크 박사입니다. 박사는 원래 물은 이지구의 물질이 아니라 우주에서 얼음 덩어리들이 날아와서 모인 것이라 했습니다.(...) 이 가설은 몇 년 전 미국항공우주국(NASA)과 하와이 대학에서 신빙성이 있다고 인정하였고, 신문에도 크게 보도되었습니다. 그러나 세계 대부분의 학자들은 이러한 사실을 인정하려 하지 않습니다. (...) 물 없이 생명이 탄생하지 못한다는 것은 주지의 사실입니다. 생명의 원천인 물이 우주에서 날아왔다고 한다면, 우리 인간을 포함한 생명은 모두 지구 밖의 생명인 셈이 됩니다. 물이 지구 밖에서 날아왔다는 설을 받아들인다면, 물이 가진 수많은 신비로운 성질을 이해할 수 있습니다.

왜 얼음이 물에 뜨는가. 왜 물은 수많은 물질을 녹이는가. 또는 타월 끝을 물에 담그면 중력을 거슬러 물이 위로 스미는 까닭은 무엇인가. 이러한 불가사의한 물의 성질은 물이 원래 지구의 물질이 아니었다는 관점에서 해석하면 충분히 납득이 갑니다.

이 가설에 따른다면 과학자들 학설의 진위를 떠나 물질적 또는 문학적인 상상에 의해 바다를 동경하는 마음의 행로가 결국 우주로 향한다는 가상도 가능해진다. 바다와 그 물과 하늘인 우주와의 관계를 바슐라르는 다음과 같이 풀이하기도 한다.

젖 같은 물의 이미지는 도대체 어떤 것일까? 그것은 포근하고 행복한 밤의 이미지, 밝고 감싸주는 물질의 이미지, 공기와 물, 하늘과 땅을 동시에 붙들어 두는 이미지이며 우주적이고 넓고, 거대하며, 부드러운 이미지인 것이다.

여기에서 바다의 광활함과 부드러움이라는 기존의 이미지에 '우주의 이미지'를 새롭게 부각시키는 것은 '바다와 우주가 결코 무관하지 않음을 암시'하는 것으로 볼 수 있으며 이러한 암시는 파스칼에 의해 "소우주"로도 일컬어지는 우리 인간을 연상케도 한다. 인체에서 빛을 발하는 기관은 '눈' 뿐이다. 따라서 눈은 소우주의 태양인 것이다. 그 태양은 눈꺼풀의 끊임없는 깜박거림에 의한 물의 공급으로 유지된다. 단지 우리는 이러한 사실을 알고 있으면서도 평상시에 인식하지 못할 따름이다. 이것이 태양과 바다가 이루어 내는 '순환작용'인 위대한 자연의 섭리를 축소한 것과 다름없다.

또한 하늘과 물, 바다의 물질적 연속성을 확인시켜 주는 것은 비행기의 창窓이다. 운해雲海는 '바라보다' 라는 바다의 특성으로 육지에서가 아니라 창공에서만 존재하는 것이다. 육지에서 '쳐다보는' 구름의 형상은 보들레르가 「항구」에서 관조하는 "이동하는 구름의 건축물" 정도에 불과하다. 그러나 비행자들은 끝없이 펼쳐진 잔잔한 운해에서 막연한 불안감을 떨치고 안도감에 젖기도 한다. 이때의 안도감은 육지에서 바라 본 잔잔한 바다에서의 안도감과 다름 아니다. 따라서 이 안도감은 무의식 속에서 바다의 모성을 초월한 우주로의 회귀와 바다에 대한 동경이 우주로 향한 염원이 될 수 있음을 시사하는 것이다.

이러한 하늘과 바다의 연계성은 가르시아 로르카(F. Garcia Lorca; 1889~1936, 스페인 시인)의 다음 시에서도 은유되어 있다.

바다가
저 멀리서 하늘의 입술
거품의 이빨로
미소 짓고 있네.

넌 무얼 팔고 있느냐, 오 모호한 소녀야,
가슴을 드러내 놓고?

내가 파는 건, 바로
바닷물 이예요.

넌 무얼 가져오느냐, 불길한 소년아,
네 피엔 무엇이 섞였느냐?
내가 지닌 건, 바로
바닷물이요.

말해 줘요, 어머니, 그 짠 눈물은
어디서 오는 거죠?
내가 흘리는 눈물은, 바로
바닷물이란다.

내 마음의, 이 쓰라린 고초는
어디서 생기는 것이죠?
바닷물이 그 쓰라림을
우리에게 되돌려 준 단다!

바다가
저 멀리서 하늘의 입술
거품의 이빨로
미소 짓고 있네.

「바닷물의 발라드」

이 시에서 2연의 "모호한 소녀"와 3연의 "불길한 소년"은 서로 '대비된 바다'의 은유로 바다의 양면성을 상징하고 있으며, "드러낸 젖가슴"은 물결치는 바다의 외형적인 양상과 여성적인 이미지에서 바다의 생존성과 탄생을 상징하고, "불길한 소년"은 바다의 위험성도 암시하고 있다. 4연의 "어머니"는 직설적으로 바다의 모성을 표출한 것이며, 또한 5연은 태어난 인생의 고난을 상징하고 있어서 불교의 '고해苦海를 연상'시켜 주지만 — 불교에서 말하는 고해는 바다 자체가 괴로운 존재임을 뜻하는 것이 아니라 인생에 있어서 고통과 고뇌가 바다만큼 깊고, 넓다는 비유인 것이다. — 모든 것이 바다로 되돌아간다는 바다의 포용력인 생과 멸, 그리고 재생의 반복을 상징하는 것으로 본다.

그러나 이 시의 핵심은 첫 연과 후렴에 있다. 수평선은 하늘과 바다가 맞닿은 곳이다. 수직의 최정상인 하늘과 수평의 최극단인 바다의 혼연일체를 "하늘의 입술"로 묘사한 것으로 그 입술 사이로 "거품 이빨로 미소 짓는 바다"는 하늘과 바다가 동일하다는 의미를 지님과 동시에 백파白波로 약동하는 바다를 상징하는 묘사에 속한다. 이러한 묘사는 문학적인 상상에 의한 것이 아니라 바다의 실제 현상 중에 하나로도 단정 지을 수 있다. 망망대해에서 일직선으로 그어진 수평선을 바라보며 항해할 때, 바람에 부서지는 파두波頭의 하얀 거품인 포말泡沫은 하늘과 바다란 양 입술사이로 내비치는 이빨을 연상케 해주기 때문이다.

이러한 바다에서의 실제 현상을 다음 글에 담았다.

> 2001년, 6월 29일, 흐리고 안개. 광양항에서 천진의 신강항으로.
> 동북아시아 전역이 장마권에 든 탓인지 종일 부연 해미가 수평선을 지워버렸다. 브리지에서 내려다본 바다는 흐린 날씨에 하늘과 바다 그리고 안개까지 모두 회색이어서 상하의 개념만 아니라면, 어디가 바다이고 어디가 하늘인지 구분할 수 없는 황해 해상에서 한진 마르세이유호는 천진의 신강항을 향해 서서히 항진하고 있었다. 처음에는 시계視界가 그런 대로 괜찮아 보였으나 갈수록 짙은 안개에 묻혀 폭슬(Forecastle:선수)의 마스트

가 보이지 않을 때는 마치 물 속으로 들어가는 것 같아 미지의 세계 속으로 빠져드는 것 같은 느낌도 들었다. 이럴 때, 거의 2분 간격으로 "뚜우 뚜우" 울리는 마르세이유호의 무중신호 소리는 마치 그 미지의 세계를 노크하는 소리 같이 들리기도 했고, 주위의 모든 것에게 자신의 존재를 알리는 개선장군의 나팔 소리처럼 들리기도 했다. 그러나 시계가 거의 제로 상태에 다다르자 갑갑한 가슴에 무언가 불안한 느낌이 팽배해지고 갑자기 무기력감에 빠져들었다. 이런 위축된 감정은 오늘같이 해무가 자욱한 날만이 아니었다. 오래전 3500톤급의 실습선에 편승해 남지나해의 격랑에 시달리던 어느 날, 사방이 완전히 트인 브리지에서 내려다 본 바다에는 오직 물과 파도, 하늘뿐이었다. 몰려든 외로움이 고독감으로 번지고 몇 일간이나 계속된 고립감은 대 자연 앞에 보잘 것 없는 존재에 지나지 않는다는 위축감 밖에 아무 생각도 없었다. 그 때와 다름없이 대 자연의 위력적인, 인간이 어떻게 해 볼 수 없는 하늘과 바다가 일체를 이루는 광경 앞에서 자성自省도 해 보았다. 이 찰나의 몽상을 선장의 카랑카랑한 목소리가 깨뜨렸다. 긴장한 표정을 짓고 있는 당직 3항사와 두 대의 레이더를 번갈아 살피며 조타수에게 연신 배의 침로를 지시하고 있던 선장이 우리 일행에게

"이 안개가 파도보다 더 고약한 겁니다. 안개 덕분에 경제속도로 가고 있어요. 기름이 많이 절약되지요."

웃으며 설명해주었다. 그제야 예정보다 몇 시간 앞당겨 출항한 것을 이해할 수 있었다. 어선이 바다와 어획량과의 싸움이라면, 컨테이너선은 기계와 시간, 연료와의 싸움 이었다. 선장출신인 강 교관이 김 차장에게 학생들도 모두 브리지에 불러와 견시見視를 시키자고 제안했다. 브리지 당직을 도우려는 뜻이었고, 그 만큼 안개가 자욱했다.

-9일간의 항해- 중에서

이러한 바다의 또 다른 양상을 김성식은 해천海天현상을 태풍을 통해 감지하고 있다.

그날
바다가 하늘이었구
하늘이 바다였지
바다와 하늘이
하늘과 바다가 맞붙어 뒹굴어
위 아래가 없어지면서
時速시속 수십 킬로의 엘리베이터를 타고
구름을 만지다
돌고래 수염을 급히 뽑았지

기울어지고 있어요
넘어지고 있어요
흰 거품을 내 뿜으며
넘치고 있어요
어머니어머니어머니어머니
부서지고 있다구요
꺼지고 있다구요
미쳐 버린 파도 잇발 사이를
벗어나고 싶다는데
벗어나 살고 싶다는데

그날
바다가 하늘이었구
하늘이 바다였어
바다와 하늘이
하늘과 바다가 맞붙어 뒹굴어
위 아래가 없어지면서
흔들려 떨어지는
물보라를 되받아
바다를 깨뜨리고 있었지.

「颱風태풍 속을 내다본 바다」(발췌)

앞서 본 「바닷물의 발라드」에서 로르카는 저 멀리 보이는 수평선을 관조하며 해천의 동질성을 노래했지만, 김성식은 실제 자신의 체험을 통해 해상에 몰아치는 태풍의 격렬함을 그려내고 있다. 격렬한 태풍은 대자연 앞에 무기력한 인간을 하늘과 바다를 구별할 수 없는 혼돈混沌에 빠지게 하고, 지푸라기 잡는 심정으로 "돌고래 수염을 급히 뽑게" 만든다. 시인은 하늘과 바다가 뒤섞이어 하나가 되는 혼동混同 속에서 무의식적으로 해천의 동질성을 인식하게 되는 것이다. 이러한 인식은 충무공의 『난중일기』 중에서도 볼 수 있다.

> 7월 9일 맑음.
> (...) 이 날 밤, 바다에 달은 밝고 잔물결 하나 일지 않아 물과 하늘이 한 빛인데, 서늘한 바람이 불어 홀로 뱃전에 앉았으니, 온갖 근심이 가슴을 치민다. (...)

위의 인용에서 "물과 하늘이 한 빛"이라 한 구절이 충무공이 바다와 하늘의 동질성을 인식했는지에 대한 근거는 없다. 단지 앞서 같은 해 5월 13일자 일기에서는 "배에 가득하던 달빛"이 "바다에 달은 밝고"로 관조의 범위가 넓어진 점과, 실제로 빛을 잃은 밤하늘과 바다를 "물과 하늘이 한 빛"이라 묘사한 것에서 상상에 의해 '하늘과 바다의 동질성의 암시'로 보는 것이다. 이러한 문학적인 상상력의 가능성으로 하늘을 주 대상으로 하는 종교의 입장을 요약해 볼 필요도 있다. 현상現象의 세계보다 내면의 세계를 관조하는 종교의 입장에서 성서에 나타나는 물은 정결과 구원과 영생으로 연결되어 있으며, 물은 우리의 생활과는 떨어질 수 없기 때문에 종교의식의 모든 전례典禮와도 떨어질 수 없는 것이다. 또한 물은 더러운 것을 씻어주는 역할을 하므로 세례성사를 통해 우리의 죄를 씻고 악신惡神을 배격하며 거룩한 모습을 되찾게 해준다.

그러나 바다와 그 바다가 지닌 모성을 거쳐 우주로 회귀하고픈 인간의 염원을 고찰하려는 문학의 입장에서 볼 때, 주안점은 세례성사나 물 속에 침례를 통해 하나님의 자녀가 되게 하는 물에 의한 종교의식에 있다. 또한 모든 물의 필수요건은 순수함에 있고 더욱이 세례성사나 침례에 필요한 물은 순수함에 염력念力까지 포함된, 성수聖水인 것이다. 그 염력은 종교적인 차원에서는 하나님의 자녀가 되기위한 염원이겠지만, 종교외적인 문학의 차원에서는 우주로 회귀하고픈 인간의 염원이 된다고 본다. 따라서 모든 물의 총체인 바다의 본질이 되는 모성을 인지하고 바다를 경외하며 동경하는 마음의 행로行路는, 우주로 회귀하고픈 인간의 무의식 속에 잠재된 염원의 발로發露일 것이다. 지금까지 나름대로의 자의적恣意的인 이론을 수필 한 편과 잠언시箴言詩 한 수로 매듭짓고자 한다.

I

하얀 태양아래 그 빛에 밀려오듯 은빛으로 반짝이며 해변의 모래에 살며시 와 닿는 해색海色에 매료되어 맨발로 걷노라면, 발목에 간간이 휘감기는 잔파殘波의 율동이 간들거린다. 그 미묘한 율동은 섬섬옥수로 애무하는 여인네의 손길인 듯 야릇하고도 상쾌한 쾌감을 자아내고, 강렬한 태양에 반쯤 닫친 시야로 해천海天이 이어진 수평선에 한 척의 배가 마치 일점一點인 듯한 정경에서, 몽상夢想에 빠져 본다.

저쪽 얕은 물가에서는 아랫도리까지 벗어 던진 하동河童들이 희희낙락거리고, 햇볕에 달구어진 은빛모래 위에는 처녀들이 고이 감추어 두었던 허연 허벅지를 스스럼없이 드러내놓고 있다. 쪽빛바다 지중해의 '니스' 해변과 그곳에서 서쪽으로 한참 떨어진 '생뜨 마리 드 라 메르'에서도 소녀로부터 초로初老의 여인네까지 대부분의 여인네 들은 '모노 키니' 차림으로 마치 외항에 정박한 배들이 바람을 향하 여 선수를 두고 있듯이, 맨 젖가슴을 바다로 향한 채 햇살과 해풍을 즐기고 있었다. 왜 모두들 바다로 나와서, 바다 앞에서는 벗어 던지 는 것일까? 즐거움은 어디서 오는 것일까? 이러한 의문은 모든 생물 이 바다에서 태어났으므로 바다의 여성적인 이미지에서 그 본질이 위대한 모성에 있다는 점에 녹아들게 된다. 따라서 항해자들에게는 고요한 흔들림은 모정母情의 요람이며, 황천항해에서의 격렬한 흔들 림은 경각심을 깨우쳐 주는 어머니의 회초리란 의미도 지니는 것이 다. 또한 해변에서 발목을 애무해 주던 물결은 태양에 달구어진 육 신을 식혀 주려는 어머니의 손길이고, 스스럼없이 벗는 행위와 즐거 움도 어머니 품안이기 때문이란 '문학적인 상상'을 가능케 해 준다. 모든 생물은 태양과 바다의 순환작용에 의해 생·멸하고 재생하기 에 바다가 어머니라면, 태양은 아버지가 된다. 부모를 동시에 만나 그 무궁한 혜택을 온 몸으로 누릴 수 있는 곳이 바로 해변이다. 그곳 에서만이 우리는 가능한 한 원초적인 모습 그대로를 드러내려는 무 의식적인 행위와 고향에 회귀하려는 잠재된 의식에 의해 벗고, 즐거 워하며 태양과 바다가 합일된 우주의 에너지를 한껏 받아들여 육신 을 검게 숙성시키게 된다. 듣기에, 서양의 나체촌들이 모두 해변에 위치한다는 점도 이런 이유와 무관하지 않을 것이다. 바다와 하늘의 이러한 상관관계가 우리들의 소우주 속에서도 이루어지고 있다. 바 다 위에 태양은 하나이듯이 우리네 가정에서도 아버지는 한 분뿐이 고, 항상 해님과의 순환작용에 의해 자손을 생육해야만 하는 해海님 에게 있어서도 단 하나의 해님만이 필수요건이 된다. 동해에서는 해

돋이가 바다에서 이루어지고 해짐은 서산이지만, 서해에서는 바다를 바라보는 이의 등 뒤에서 해가 뜬다. 그러나 시야를 넓히면 태양은 바다에서 뜨고 지므로, 태양이 떠오르는 아침에 아버지는 밖으로 나가고 태양이 지는 저녁에 다시 돌아와 어머니에게 하나의 태양을 충족시켜주는 것이다. 그런데 태양이 떠오른 후에도 집안의 태양이 나가지 않으면 두 태양을 맞이하게 되는 바다가 거북해 하고, 이와 반대로 늦게 돌아오면 바다가 불안한 파도를 일으키는 것도 이러한 연유에서다. 드물게는 아예 그날 돌아오지 않는 태양도 있다. 그럴 때, 바다가 엄청난 격랑을 일으키게 되는 것은 태양을 잃어버린 바다는 순환작용의 파탄을 의미하고 질서를 상실한 우주는 일대 혼란에 빠질 것이기 때문이다. 그러나 우리들의 소우주계에서 이에 대한 역현상도 심각한 사태를 야기할 수 있다. 태양계는 가부장家父長격인 태양과 9개의 혹성으로 이루어져 있다지만 물, 즉 바다가 있는 혹성은 지구뿐이다. 여기에만 두 해님의 자손들인 생물이 살고 있다는 것은 주지의 사실이듯이 바다인 어머니가 없는 상태란, 생존과 정서 등 모든 면에서 삭막한 사막을 연출할 수밖에 없기 때문이다.

II

바다와 태양의 상관개념이 태양이 떠있는 하늘과 바다와의 관계에서는 수평선에 의해 일체개념으로 바뀌게 된다. 수평선은 저 멀리에서 하늘과 바다가 이어져 있는 현상이다. 더욱이 이 해천현상이 난바다에 나가 있을 때, 구름이 잔뜩 낀 흐린 날이나 비 내리는 날에는 더욱 눈앞 가까이에서 나타난다. 이때 우리는 온통 물에 잠겨 마치 우주가 물 속인 것처럼 느끼게 되는 것도 바다와 하늘의 일체를 시사해 준다. 이런 시사의 증험證驗으로 하늘과 바다를 이어주는 불가시적不可視的현상인 물의 순환작용이 가시로 나타나는 곳이 있다.

흐린 날, 비행기 창밖에 바다에서 올라 온 수증기가 원래 모습인 바다의 형상을 그대로 간직하고 있는 것을 볼 수 있고, 우리는 그 형상을 운산雲山이나 운야雲野라 부르지 않고 운해雲海라고 한다. 바다가 하늘에 올라와 있는 현상인 것이다.

또한 하늘과 땅의 상징어 건乾과 곤坤에서 곤은 바다가 아닌 땅을 뜻한다. 하지만 지구의 7할이 바다란 점과 순환작용의 중요성을 감안할 때 관념상 바다를 땅에 예속시킬 수는 있다 하더라도, 그러한 관념은 육지생활에 적응한 인간의 자의恣意에 의한 독선에 지나지 않는다.

어느 해 늦가을, 태고의 신비 묻은 지리산 자락 천은사泉隱寺에서 밤이 깊어갈 무렵 산정山頂으로부터 뭇 나무 가지에 불어 닥치는 "쏴아, 쏴아" 산바람, 솔바람소리는 바로 바닷가 모래사장인

해빈海濱에 몰려오는 파도소리에 다름 아니었다. 얼른 선실禪室문을 밀어 제치고 허공을 바라보니 선실 지붕위로 부옇게 펼쳐진 별빛아래 솔바람 따라 흔들리는 나무들의 음영陰影은 바다에서 자맥질할 때 보았던 해초무리의 흔들림이었다. 또한 솔바람 소리는 해빈에 몰려오는 파도가 모래 위의 모든 자국들을 죄다 지워버리므로, '산사의 밤'이라는 특이한 상황에서 그 소리는 마치 해탈解脫의 소리처럼 들리기도 했다. 잠시 상념想念에 젖어 있다가 문득 발치에서 나는 또 다른 소리에 눈길을 아래로 돌리니 선실에서 쏟아져 내린 불빛아래 자갈 깔린 마당을 이리저리 굴러다니는 낙엽들은 영락없이 해변에서 분주한 게들의 행진이었다. 하늘과 바다의 일체에서 땅의 존재를 두고 내내 고심하던 터에, 이 찰나의 자성분별自性分別은 희열로 바뀌어 돈오頓悟를 연상케 되니 부처님의 가피加被가 아니런가! 결국 산과

바다가 다르지 않은 것은 '육지와 바다'가 일체란 의미이고, 이는 곧 "너와 나가 다르지 않다." 는 부처님의 가르침과도 상통하는 것이다. 바다에서의 '뱃멀미'를 산에서는 고산병을 '산멀미'로 부른다는 사실에서도 요산요수樂山樂水는 한낱 글 장난에 지나지 않는 것, 희열에 들떠 비몽사몽 하다가 새벽예불 종소리까지 듣고 말았다.

산사를 뒤로하고 하산 길에 눈앞에 펼쳐진 연이은 산등성이들이 마치 몰려오는 파구波丘처럼 보였다면, 바다에서 멀리 떨어진 산중에서 바다 신기루 해시海市를 본 것일까? 아니면 연작燕雀이 봉황을 알았음일까?

다시 돌아 온 해변을 소요逍遙하며 푸른 하늘, 푸른 바다, 푸른 들의 모두 '푸른' 형용사 일치에서 우리말의 심오함과 이 세상 만물이 일체란 점을 새삼 느끼면서, 눈에 보이는 모든 것에 사랑과 함께 잠언箴言 몇 마디 던져본다.

바다가 무엇인지 모르면
아는 것은 아무 것도 없다.

글자를 모르면
책자가 무엇인지 모른다.

책자를 모르면
사람이 무엇인지 모른다.

사람을 모르면
사랑이 무엇인지 모른다.

사랑을 모르면

인생이 무엇인지 모른다.

인생을 모르면
바다가 무엇인지 모른다.

바다를 모르면
하늘이 무엇인지 모른다.

하늘을 모르면
바다가 무엇인지 모른다.

바다가 무엇인지 모르면
아는 것은 아무 것도 없다.

「해변의 길손」

항해를 마치며

한 없이 넓고 깊은 바다를 시공時空의 제한이란 핑계로 마치면서 주마간산走馬看山이 아닌 주마간해走馬看海가 된 점이 자못 아쉽다. 남과 북이 언젠가는 뚫리겠지만, 그 언제가 가 언제일지 알 수 없다. 따라서 한반도는 해양과 더불어 대륙으로도 무한히 진출할 수 있는 반도가 아니라, 하나의 섬나라에 지나지 않는다.

해외교역 물동량의 99%가 바다를 통해서 이루어지는 것은 그럴 수밖에 없기 때문이고, 그래도 세계에서 수출 10위권 내에 들어있다. 한마디로 바다 덕분에 살고 있는 것이다. 그럼에도 불구하고 바다에 대한 우리의 인식은 아직도 좁고, 얕다.

해양문학의 궁극적인 목표는 인류를 위한 바다의 존재 의미를 문학을 통해 알림으로서 바다에 대한 긍정적인 인식 심기에 있다. 소위 '해양친화사상' 드높이기다. 앞에서 주장한 해양문학상제도 확충이나 시상금 상향 조정 건의는 응모자들을 '시상금 사냥꾼'으로 몰아가자는 것이 아니라, 해양문학의 창달暢達을 통해 실제와 정신적인 삶에 더 나은 풍요를 바라는 마음의 침로針路다. 아무튼 바다를 옳게 이해하고 존중하는 마음이 이 땅과 바다에 충만하길 바란다.

2018년 봄 날, 해운대 바닷가에서 -海朗 바람.

참고문헌

국내서(논문 및 역서)

김성식 『해양시인 김성식 시전집』 고요아침, 2007

김보한 『고향』 詩界, 2010

    『어부와 아내』 전망, 2001

천금성 『불타는 오대양』 현대해양, 2010

    『남지나해의 끝』 도서출판 문성, 1992

    『인간의 욕망 1~3』 자유문학사, 1993

죠셉 콘래드, 양원달, 김태성 역 『로드 짐. 청춘』 1975

일연, 이동환 역주 『삼국유사 1, 2』 삼중당, 1990

한용운 『님의 침묵』 열음사, 1989

윤동주 『하늘과 바람과 별과 詩』 미래사 1994

이재우 『바다의 명시』 문경출판사, 2017

김종찬 『대서양의 민들레』전망,2011

유연희 『무저갱』북인,2011

김미진 『바다로 가는 서른다섯가지 방법』 전망, 2005

이윤길 『진화하지 못한 물고기 한마리』세종출판사, 2007

페레스 레베르테, 조구호 역 『항해지도』 시공사, 2003

이순신, 최두환 역주 『난중일기』 학민사, 1997

김명수·최영호 『내 마음의 바다 1, 2』 엔터 1996

최영호 엮음 『한국해양문학선집 7, 8』 한국경제신문사 1995

장한철, 정병욱 역 『표해록』 범우사, 1993

정하영 『심청전』 고려대민족문화연구소, 1995

쥘 미슐레. 정진국 옮김 『바다』새물결, 2010

쥘 베른, 이인철 역 『해저2만리』 문학과 지성사, 2002

호메로스, 김병익 역 『오딧세이아』 삼성출판사, 1976

G. 바슐라르, 이가림 역 『물과 꿈』 문예출판사, 1985

생떽쥐뻬리, 서정철 역 『성채』 삼성출판사, 1975

C.G. 융, 설영환 역,『무의식 분석』선영사, 1988.

김붕구,『작가와 사회』일조각, 1980

　　　　『惡의 꽃』민음사, 1982

에모토 마사루, 양억관 역『물은 답을 알고 있다 1, 2』나무심는사람, 2004

알베르 까뮈, 우종길 역『결혼. 여름』청하, 1992

기슬랭 드 마르실리, 조유진 역『물』영림카디널, 1997

S. 말라르메, 김화영 역주『목신의 오후』민음사, 1991

최완복『프랑스 詩選』을유문화사, 1992

P. 발레리, 김현 역『해변의 묘지』민음사, 1991

A. 랭보 김현 역『지옥에서 보낸 한 철』민음사, 1991

바이런, 이봉국 편역『바이런의 名詩』한림출판사, 1977

헤밍웨이, 윤종혁 역『노인과 바다』삼성출판사, 1975

허만 멜빌, 오국근 역『백 경』삼성출판사, 1974

소르 헤이에르달, 황의방 역『콘티키』한길사, 1976

김화영『문학상상력의 연구』문학사상사 1989

어니스트 섀클튼, 최종옥 역『섀클튼의 서바이블 리더십』뜨인돌, 2001

　　　　　　유혜경 역『섀클튼의 위대한 항해』뜨인돌, 2001

　　　　　　김세중 역『인듀어런스』뜨인돌, 2002

해군본부『해군일화집 4, 5』1993

김종기. 강정현『韓國海戰史』해군대학, 1999

최준환 편역『그리스.로마 신화』집문당, 1979

대한성서공회『성경전서』보진재, 1994

최돈욱『지장보살본원경』선문출판사, 1995

사)한국해양문학가협회『海洋과 文學 1~21』전망, 2003~2017

해양문화재단『진주를 품은 파도』(재)해양문화재단), 2008

외국서

小島敦夫 編著『世界 の 海洋文學』1996

Marchand, Pierre『La mer en Poésie』Gallimard, 1985

Brosse, Monique「nouvelles recherches sur Jules Verne et voyage」libraire Minard,1978

Comper, Daniel,「Un voyage de Jules Verne」Archive, 1977

Sullivan, J. W. N「The Symbolism of the whale in Melville's Moby Dick」 Britannica Instant Research Service

Victor Hugo, 『Choix de Poésies Lyriques』larousse, 1949

Verne, Jules 『Vingt mille lieues sous les Mers』 Bibliothèque d'édication et de récréation, 1985

황을문 ──────────

학력: 부산중학교
　　　경북고등학교
　　　성균관대학교 불어불문학과 졸업
　　　동대학 대학원 문학박사

경력: 한국해양대학교 해사수송과학부 교수 역임
　　　사) 한국해양문학가협회 2,3,7 대 회장 역임
　　　현재: 한국해양대학교 해사대학 명예교수

저서: 시론집:『海洋文學의 길』2007, 도서출판 전망
　　　소　설:『동상과 우상』2014, 도서출판 전망
　　　문　집:『끝없는 항해』2010, 도서출판 전망

편저:『아치섬의 바다이야기 I, II』, 2008~2009, 해양문화재단

題字 寶鼎 曹國鉉

인물화 서양화가 金剛鶴

－ 개정판 －

海洋文學의 길
The Way of the Sea Literature

초판인쇄 2018년 7월 1일
초판발행 2018년 7월 1일

지은이 황을문
펴낸이 채종준
펴낸곳 한국학술정보㈜
주소 경기도 파주시 회동길 230(문발동)
전화 031) 908-3181(대표)
팩스 031) 908-3189
홈페이지 http://ebook.kstudy.com
전자우편 출판사업부 publish@kstudy.com
등록 제일산-115호(2000. 6. 19)

ISBN 978-89-268-8487-4 93890